ふたりの彼の甘いキス
倒れるみたいに近づいてきた湊介の額が、
ぴたりと深晴の額に押しつけられる。髪を通
しても体温が伝わって、どきんと胸が震えた。

ふたりの彼《かれ》の甘《あま》いキス

葵居《あおい》ゆゆ

ILLUSTRATION：兼守《かねもり》美行《みゆき》

ふたりの彼の甘いキス

LYNX ROMANCE

CONTENTS

ふたりの彼の甘いキス

「それでは特別賞は、本日のゲスト、俳優の御門賢太《みかどけんた》さんより授与していただきます！」

プロフェッショナルな明るさの女性の声にあわせて、紹介された俳優が台の中央に歩み出る。眩《まぶ》しいくらいのオーラだ。賞品の盾《たて》と目録を受け取る新人漫画家は緊張した様子だったが、それでも嬉《うれ》しそうで、潮北深晴《しおきたみはる》は拍手を送りながらますますどんよりした気持ちになってきた。

目眩《めまい》がして気分が悪いのは、慣れないアルコールのせいだとは思うけれど。

たぶんこの会場で一番、自分が駄目な人間だ。

潮北ミハルというペンネームで漫画家としてデビューして、既に七年目。年齢は先日二十八歳になったばかりだが、業界的にはもう新人とは呼ばれない。歴が長いだけで売れたことはなく、今は定期的な連載も持っていない。描きたいものさえ見失ってスランプに陥っているのは、きっと自分だけだろう。

そっと見渡した会場は賑《にぎ》わっていた。新年会と新人賞の授賞式を兼ねた大掛かりなパーティは、小説の編集部と漫画の編集部の合同で行われている。みんなにこやかで楽しそうで、自信に溢《あふ》れているように深晴には見えた。

大勢の人の中にいるとわけもなく寂《さび》しさを覚えるのは昔からで、だからこういう場所は苦手だ。

「潮北くんも気分転換に参加しなよ」と担当編集である宮尾規一郎《みやおきいちろう》が背中を押してくれなければ、深晴は今年も「不参加」に丸をつけて返事をするつもりだったのだが。

(――あ、宮尾さんだ)

所在なく彷徨《さまよ》わせた視線の先に見知った横顔を見つけて、どきんと胸が高鳴った。

遠くから見てもハーフフレームの眼鏡が似合っている、と思うのは贔屓目《ひいきめ》だろうか。すっきり整った顔立ちに切れ長の瞳が涼しげな宮尾は、いつも冷静な大人の男性だ。真顔になると迫力があるのだが、今は会話の相手に微笑《ほほえ》みかけていて、いつになく優しそうだった。普段の打ち合わせでは見られないスーツ姿が新鮮で、深晴はぼうっと見惚《みと》れた。

やっぱり、すごくかっこいい。

背が高いのも、ラフな格好とスーツのどちらも似合うバランスのとれた身体《からだ》つきもいいなあと憧れるが、深晴が一番好きなのは、宮尾が「仕事ができる男」なところだった。クールな顔立ちなのに、漫画に関しては冷静なだけでなく熱心で、プロットにもネームにも丁寧につきあってくれる。自分が持ち込みしたときに対応してくれたのが宮尾だったのは、人生最大の幸運だと深晴は思う。

「潮北くんは技術は拙いところもあるけど、ストーリーが読みやすくて、熱量を感じる。読者の気持ちを動かす漫画家になれるよ」

彼がそう言ってくれなかったら、きっと七年も続けられなかった。

深晴は自分のスーツの胸元を見下ろした。漫画家としての潮北ミハルも宮尾がいなければ存在していなかっただろうけれど、今日の深晴も宮尾なしにはとても参加できなかった。一応でもちゃんとスーツがあるのは、六年前、初めて出版社のパーティに出るときに、宮尾が買い物に付き添って選んでくれたからだ。

ただ、せっかくのスーツも似合っていると自惚《うぬぼ》れるわけにはいかなかった。

二十八にもなるのに、凜々《りり》しくも大人っぽくもない顔立ちだし、運動と無縁で骨格も華奢《きゃしゃ》な身体はひょろっとして頼りない。表情も自信のなさが表れているらしく、バイト先では年下の女性にまで「潮北さんてときどき捨てられた子犬みたいな顔しますよね」と言われてしまう。情けないなと思っても、落ち着いた振る舞いや表情は意識してできるものではなかった。

ふわふわした癖っ毛が頼りなさに拍車をかけているのでは、と思いたいが、外見だけ取り繕っても駄目なことは、深晴が一番わかっている。

（実際自分に自信とかないし……中身が大人でもないからなぁ）

せめて、大好きで大切にしたくて仕事でもある漫画を思いどおりに描けていたら違うかもしれないが、スランプ中の身では胸を張るわけにもいかない。

にこやかに談笑している宮尾の横顔に視線を戻し、深晴はひっそりため息をついた。

もう何か月、描けないままでいるだろう。無理やりまとめた読み切り作品を掲載にこぎつけたのが二か月前で、その前から、「うまくできない」という感覚はついてまわっていた。それがここにきて悪化している。

ネームが通らなくて何度も直すとか、思うような絵が描けず苦労したことは今までにも経験したけれど、プロットができない、というのは初めてだ。ここ半月は、このまま描けなくなったらどうしよう、という不安が湧《わ》いてきていて、焦りのせいで余計にプロットがまとまらないという悪循環に陥っていた。

宮尾さんが来てくれたらまず謝らなきゃ、と二度目のため息を呑《の》み込むと、会釈した宮尾がこちらを向いた。深晴と目があうとにこりとする。

「潮北くん、お疲れ様。ちゃんと食べられてる？」

歩み寄ってきた宮尾の視線が観察するように全身を撫《な》で、深晴は身を縮めた。

「はい。……あの、グラタンみたいなのが、おいしかったです」

「それはよかった。食事がおいしいって楽しみにしてる作家さんも多いから、潮北くんも遠慮しないで食べていって。――うん、先週より顔色も悪くなさそうだ。それはお酒？」

「サングリアです」

少しは緊張がほぐれるかと選んだアルコールだったが、指摘されるといたたまれずに、深晴は頭を下げた。

「すみません。プロットもできてないのにお酒なんか飲んだりして」

「いやいやいや、今日はお祝いの席だから、いいんだよ。息抜きだって大事だ。せっかくの機会だから、ほかの漫画家さんとも話したら？　ほら、あそこで固まってるの、うちの雑誌の漫画家さんたちだよ。帽子を被《かぶ》ってるのが綾又《あやまた》先生で、隣は吉見《よしみ》先生」

「いっ、いいです僕、とてもそんな……先生方となんて」

深晴にとっては雲の上の人たちだ。人見知りなので、初対面の人と会話するのはハードルが高いのだが、相手が複数となるとなおさらだった。喋《しゃべ》るテンポの遅い深晴は会話についていけないことが多く、混じっても居心地の悪い思いをするだけだ。

「ば、場の空気を悪くしちゃうだけですから」

「無理に話せとは言わないけど、尻込みしてばっかりももったいないよ。潮北くんだって漫画家で、今日受賞した中にはきみに憧れてる子もいるかもしれないんだ」

宮尾はぽんと腕を叩《たた》いてくれた。優しい強さで叩かれたところがじんわりと熱い。顔まで熱くなるのを隠したくて、深晴は俯《うつむ》いた。

「僕、やっぱりもう帰ります。のんびりしてる暇があったら少しでもアイディアまとめろって感じですよね、すみません」

「待って」

後退《あとずさ》りかけると、宮尾がすばやく袖を摑《つか》んだ。反射的にびくっとしてしまい、しまった、と深晴は唇を嚙《か》んだ。絶対呆《あき》れられる。変に思われる。

「思いつめすぎるのもよくないって、この前も言っただろう？　せめてデザートは食べて帰ること」

「――」

「グラスがもう空だね、もう一杯もらってきてあげよう。今日はいつもより緊張してるみたいだから、お酒で少しリラックスするといいんじゃないかな」

驚かせないようにだろう、そっと手を離してくれながらの宮尾の声は優しくて、きゅっと胸が苦しくなった。

面倒だ、と思われていないだろうか。鬱陶《うっとう》しいと思われていないだろうか。

顔の赤さや挙動不審で、彼への好意がわかってしまわないだろうか。

(好きだってばれたら、宮尾さんに迷惑だ)

普通にしよう、打ち合わせのときは大丈夫なんだから、と言い聞かせても、余計に鼓動が速くなる。

なにか言おうとしても声が出なくて、深晴は自己嫌悪にかられて黙り込んだ。

打ち明けることは一生ないだろうけれど、深晴は担当編集である宮尾のことが、好き、なのだった。

ひとりの男性として——恋愛対象として、好きだ。

意識している相手だから、自分のちょっとした至らなさや失敗が、顔から火が出そうなほど恥ずかしい。宮尾には恩返しがしたいと思っているのに、手間ばかりかかるやつだとうんざりされていたらどうしよう。

宮尾は「待ってて」と離れていく。人ごみを器用に避けてドリンクカウンターに向かった彼は、ほどなく新しいグラスを手に戻ってきて、深晴が持っていたグラスと交換してくれた。

「はい」

「あ……りがとう、ございます」

きゅう、とまた胸が痛んだ。見下ろしてくる宮尾の眼差《まなざ》しが優しくて、少しだけ気持ちが落ち着く。冷えたグラスを口に運ぶと、さっきよりも果物の甘い香りが強く感じられた。

「おいしいです」

一杯目はそういえば、味もよくわからなかった。宮尾は満足そうに目を細める。

「今日は仕事の話はしないほうがいいと思ってたけど、潮北くんの場合はなにも言わないのもプレッシャーかもしれないから、一応聞いておこうか」

「はい」

「プロット、進んでる？」

「………全然、です」

「だったら、一週間だけ休んでみるのはどうかな。難しいと思うけど、漫画のことは一切考えないことにして、一週間経《た》ったら初心に返ってみよう。潮北くんが描きたいって思ってたものがなんだったのかをよく考えて、それからプロットに戻るのがいいと思う。闇雲に今できる内容で作るのもよくないし、描けないって思ってることを無理に入れても、このままじゃどうにもならないから」

「――はい」

このままじゃどうにもならない、という言葉が耳に痛かった。本当にそうだ。

好きだと浮かれたり、落ち込んだりしている暇なんかない。漫画家をやめるつもりがないなら、宮尾に見放されないように努力しなければ。

「頑張ります」

決意を込めて握り拳《こぶし》を作ると、宮尾は心配そうな顔になった。

「潮北くん――」

「規一郎さん、その人漫画家？　紹介してよ」

無遠慮な声が急に割り込んできて、深晴は目を丸くした。

親しげに宮尾の肩に手を回したのは、派手な格好の青年だった。深晴よりも若く、おそらく大学生くらいだろう。光沢のある細身のスーツをまとった身体は手足が長く、びっくりするくらい頭が小さくて、身長は宮尾よりもまだ高い。明るい金茶の混じった髪色のせいか、いかにもホストっぽい。

（すごい……かっこいい、けど、でも）

派手なスーツを着こなしたところや軽薄そうな笑みを浮かべた雰囲気は、深晴が一番苦手なタイプに見えた。人生で負けたことは一度もなく、なに不自由なく育って自信満々で、なんでも器用にできちゃうタイプ。

じりっと後退ると、宮尾と肩を組むような格好になった彼がこちらを向いた。

「なんて漫画描いてる人？　規一郎さんが担当してる人でしょ？」

見つめられた瞬間、息がとまった。

深晴に向けられた瞳は大きく、緑がかった不思議な色をしていた。見たことのない色だ。引き込まれるよう、という表現はよく目にするけれど、実際そんな気分になったのは初めてだった。

それにくわえて、日本人離れした彫りの深い鼻梁《びりょう》、輪廓《りんかく》のはっきりした桜色の唇が色っぽい。

例えるなら、少女漫画のちょっと不良な王子様といったところか。

「行儀が悪いぞ、湊介《そうすけ》」

笑いながら彼の腕を外した宮尾の、初めて聞くくだけた口調に驚く余裕もないくらい、深晴は目を奪われていた。

苦手なタイプには変わりないのに、それを凌駕《りょうが》するほど、正面から見た彼は本当に綺麗《きれい》だった。

「だってさぁ」と拗《す》ねたように前髪をかき上げる、なにげない仕草まで洗練されていて、しなやかな印象がネコ科の動物を思わせた。さっき壇上で紹介された、映画化される作品のキャストの中にはいなかったはずだが、ホストではなくて、きっと俳優だとかモデルだとか、そういう職業なのだろう。

「ほら、潮北先生がびっくりしてるじゃないか。ごめんね、潮北くん」

宮尾がすまなそうに言って、片手で湊介の頭を摑んだ。遠慮のない強さでぐいと下げられて、湊介は素直に「ごめんなさい」と謝ってくる。どういう関係なんだろう、と面食らいつつ、深晴は首を左右に振った。

「いえそんな……かえってすみません」

「潮北くんが謝る必要はないよ。これは湊介、おれの従弟《いとこ》」

「いとこさんなんですね」

道理で互いに遠慮がないわけだ。紹介された湊介は、人懐っこそうな笑みを浮かべてウインクした。

「どうも、梶《かじ》・ヴァレリアーノ・湊介です」

「……ヴァレリアーノ？」

「母親がスペイン人なんだ。ついこのあいだまでスペインで暮らしてた」

晴れやかな笑顔に、道理で、ともう一度思う。太陽が似合いそうな人だ。笑うと目がきらきらして、複雑な色が宝石みたいに美しい。

「すっごく綺麗ですね」

思わず独り言のように感想を漏《も》らすと、湊介は呆気《あっけ》にとられた表情になり、それから破顔した。

「そこまでストレートに褒められるのって初めてだな、ありがとう」

「こ、こちらこそありがとうございます。目の保養です」

こんな綺麗でかっこいい人、世の中にほんとにいるんだなあ、と思いながら湊介を眺める深晴に、宮尾が笑いをこらえる顔になった。

「湊介、こちらは潮北ミハル先生。蒼《あお》の国シリーズとか描かれてる漫画家さんだ」

「えっ！　あの漫画描いた人!?　ちょっと、早く言ってくれよな！　握手しよ握手」

にゅっと伸びた手が深晴の手を取った。

「よろしくね。会えてすごく嬉しい。俺のことは湊介って呼んでくれていいよ、ミハルさん」

「あ……は、はい」

気圧《けお》されて頷《うなず》く。あたたかく大きな手のひらに包まれて強引に握手されたが、ぼけっとしていたせいか、普段なら苦手な皮膚接触にいやな気持ちになる暇もなかった。

「おまえは相変わらずだな。――こっちには慣れたのか？」

宮尾が深晴のほうを気にしつつも湊介に問いかける。湊介は「うん」と頷いた。

「まだ片づいてないけど、環境にはだいぶ慣れたよ。舞台のオーディションまでちょっと時間あるし、あちこち出かけてみようと思ってる」

「気をつけろよ」

「大丈夫だって。ね、よかったらミハルさん、一緒に出かけてくれない？」

「……はい？」

喋るときの口の動きまで華やかだなんて、参考になるなあ……と感心していた深晴は、急に声をかけられてまばたきした。

「俺、先月スペインから来たばっかりで、あんまり詳しくないからさ。買いたいものもあるし、ミハルさんがつきあってくれたら、漫画家ってどんなふうに仕事してるのかとかも聞けて嬉しいんだけど」

「どんなふうにって……ええと、漫画家の仕事に、興味があるんですか？」

漫画家志望なのだろうか。湊介はにこっとして自分を指さした。

「ほら俺、漫画家の役だから、参考にしたくて」

「湊介」

ぴしりと宮尾が遮って、湊介が首を竦《すく》めた。

「いいじゃん、どうせそのうち公表されるんだし、規一郎さんの担当してる作家さんなら身内みたいなもんじゃん」

「潮北くんに取材するつもりなら話すのはかまわないが、場所を考えろ」

小声で叱りつける宮尾に、深晴のほうがひやっとした。同時に夢見心地だった意識も平静になり、我に返った深晴はしゃがみこみたくなった。

ありえない失態だ。

（どうしよう……初対面の……宮尾さんの従弟なのに……）

びっくりしすぎて、不躾《ぶしつけ》にも相当じろじろ見てしまった。しかも、顔の造作についても綺麗だとか目の保養だとか言ってしまうなんて、どうかしていた。

スランプで面倒くさくて鬱陶しくて無礼だなんて最低じゃないか。

「ミハルさん？　大丈夫？　顔色悪いけど」

心配そうに覗《のぞ》き込んでくる湊介から遠ざかるように、深晴は後退りした。

「すみません……あの僕、ちょっとトイレに」

「具合悪いならつきそおうか？」

「け、けっこうです、すみません本当に！」

ついてきそうな湊介に動揺し、飛び退《すさ》るようにして逃げた。談笑している人々の隙間を抜け、パーティ会場の出口を目指す。布張りの豪華なドアを開けて外のホールに出ると、すうっと冷気と、慣れ親しんだもの寂しさが頰《ほお》を撫でた。

自分のことがいやになるのはこんなときだ。なにもうまくできないと思い知るとき。

サングリアのグラスを持ったまま出てきたことに気づいたが、中に戻る気にはなれず、そのままレストルームに入った。洗面台にグラスを置き、無人でよかったと思いながら奥の個室に入ると、長いため息が出た。

「初対面の人に……綺麗ですねとか……馬鹿《ばか》じゃないの僕……」

綺麗すぎて現実味がなかったとはいえ、口に出してしまうとは。

「やっぱり普段から独り言が多いのがいけないのかな。バイト入ってる日なら、意識しなくてもあんまり声出ないんだけど……ってまた喋ってる」

深晴はドアにもたれて頭を抱えた。独り言が多いのは気にしている癖だ。原因はちゃんとわかっていて、小学校一年生のときに迷子になったのがきっかけだった。

山間の村育ちの深晴は、家の近くの山の中に、クラスメイトについて入ったはずが、変わったキノコや昆虫に夢中になっているうちにいつのまにかはぐれてしまった。はっとしたときにはもう遅く、自分がどこにいるかわからなかった。秋の半ば頃、日が落ちはじめるとすぐ暗くなった。寒くて、なにも見えない暗闇が絶望するほど怖かった。膝を抱えてきつく目を閉じ、深晴は小さな声で喋った。なにか言っていないと泣きそうだったから。

『魔法使い』は、その独り言を聞きつけてやってきてくれたのだ。

彼は深晴に寄り添い、朝まで励ましてくれて、明るくなると村に戻る道を教えてくれた。ひとりで下山してきた深晴に、探しに出ようとしていた大人たちは驚きつつも喜んでくれたが――『魔法使い』のことは信じてくれなかった。普段から空想ばかりしているから夢でも見たのだろうと両親に言われ、兄たちには馬鹿にされたけれど、『魔法使い』はたしかに深晴を助けてくれたのだ。

顔はよく思い出せないけれど、つないでくれた手があたたかかったことは覚えているし、彼の声も鮮明に記憶している。

「星空を見せてあげる、深晴。怖くないから顔を上げてごらん」

そう言って空の見える場所に連れていってくれ、晴れた夜空を見せてくれた。並んで座ってマントに包み込み、深晴のことをいろいろ聞いた彼は、頭を撫でて笑ってくれた。

「――『きみに魔法をかけてあげよう。これから、とてもいいことがあるように』」

味気ないトイレの天井を見上げて、深晴はもう何度も反芻《はんすう》したせりふを口にした。『魔法使い』に言われたときは、すごく胸が熱くなった。この人は自分の味方なんだと無意識に感じて、期待でわくわくして、怖さも寂しさも丸きり忘れられた。

彼がかけてくれた魔法が本当かどうかはわからない。でも、宮尾が持ち込みの対応をしてくれ、「デビュー目指して頑張ろう」と言ってくれたときには、これが「とてもいいこと」かもしれないと思った。それくらい嬉しくて、あれ以来二度と会うこともなかった魔法使いに心から感謝した。

今でも魔法使いはどうしようもなく寂しくなったときの心の支えだけれど、せっかくもらったチャンスは自分自身の力でものにしなくては、と決意して早、七年。

（まさかこんなに鳴かず飛ばずで冴《さ》えない漫画家人生になるなんて、不甲斐《ふがい》ないよね……）

一番情けないのは、「描きたいことがわからない」という状態になってしまったことだ。あんなに好きだったのに。悩んで、考えて、その上で漫画を仕事にしようと決めて頑張ってきたはずなのに、その熱意さえ遠いもののように感じる。

（迷子になったみたい）

「……今も、魔法使いが出てきてくれたらいいのに」

心もとない寂しさにため息まじりに呟《つぶや》き、深晴はさすがにないかと自嘲した。魔法使いだって、パーティを逃げ出してトイレにこもったうだつのあがらない漫画家なんか助けたくないだろう。それに、今は「とてもいいこと」の具体的な想像もつかない。仕事のことは自分でどうにかするべきだ。

しいて願うなら。

「——宮尾、さん」

ぽん、と宮尾の顔が脳裏に浮かんで、深晴は赤くなった。

見ているだけの恋でいいと思っているけれど、それでもときどき夢想してしまう。

もし、宮尾が恋人になってくれたら。彼は恋人になっても面倒見がいいだろう。恋人なんだから、仕事相手に対するよりももっと優しいはずだ。微笑みかけられたり肩を抱かれたりするのを想像するだけで、深晴は幸せな気持ちになれた。

もちろん、彼にそういう意味で好かれるわけがないとはわかっている。呆れられていないか心配なくらいだ、それこそ魔法にでもかからなければ好意を抱かれることはない、けれど。

「――好きって言われたら、幸せだろうなぁ……」

人生で一回くらいは恋がしたい。片思いじゃなくて、両思いの恋がいい。宮尾と出会えて、これが好きという気持ちなんだな、と知ることができただけでも幸せだけれど――好きな相手に好きになってもらえたら、どんな心地になるのか知ってみたい。

ちゃんと恋ができたら、ずっと昔からあるこのうっすらした寂しさも、消えてなくなるのではないか。

（……そしたら、きっと、描けるものも変わるはずなんだ）

深晴は人を好きになるのも宮尾が初めてで、友達もほとんどいない。それが漫画にも露骨に出てしまっているのが、最大の悩みだった。

キャラクターのバリエーションが少なく、恋愛が描けない。その弱点を克服したくて模索しているうちに、どうしたらいいのかわからなくなってしまい、結果がスランプという有様だ。

宮尾には一週間なにも考えない、と提案されたけれど、考えずにはいられない。

うーん、と唸《うな》りそうになったとき、背中をくっつけていたドアがノックされた。振動が伝わってどきっとするのと同時に、「どーもー」と明るい声がする。

「魔法使いです」

湊介の声だ。独り言を聞かれたのだとわかって、深晴はかあっと赤くなった。

「俺でよかったら魔法かけてあげるけど……ミハルさん、出てこられる？　具合悪くない？」

「ぐ……具合は、悪くないので、おかまいなく」

心配そうな湊介にかろうじて返事をしたものの、できれば消えてしまいたかった。恥ずかしすぎる。いい大人がトイレで独り言。しかも内容は魔法使い。気持ち悪がられても、笑われても仕方ない。

そこまで考えて、深晴は今度は青ざめた。

（ちょっと待って。僕……宮尾さんの名前……声に出した？）

もしそれも聞かれていたら、と思うと血の気が引いた。湊介はなおもドアをノックしてくる。

「様子見て謝ってこいって規一郎さんにも言われてるから、大丈夫なら出てきてほしいんだけど」

「――」

「出てきてくれたら魔法かけてあげるからさ。すっごいもてもてになる魔法とかどう？」

くらっと目眩がした。もてもて。ということは絶対、宮尾の名前も聞かれて……好きって言われたら幸せだろうとか、夢見がちなことを言ったのも聞かれたのだ。

深晴はのろのろと鍵を外した。

「……どこから、聞いてたんですか」

「独り言？　星空を見せてあげる、のところから。ミハルさん顔色悪かったからさ、心配で追いかけてきたんだ」

最初からじゃないか。

うなだれた深晴の背中に、湊介の手が当てられる。

「大丈夫？　具合悪いならちゃんとホテルの人に頼んで休ませてもらったほうがいいよ」

「いえ……大丈夫なので」

「魔法、もてもてになるのじゃなくて回復魔法にしとく？」

ひょいと覗き込まれ、深晴は赤くなって顔を背けた。

「そういうのは……けっこうなので。独り言は、全部忘れてください」

「なんでなんで。べつに恥ずかしくないでしょ」

どんよりした深晴の声と対照的に、湊介の声は朗らかだ。

「俺も芝居の稽古してるとき、風呂とかトイレとかジョギング中とか、急に解釈がひらめいたりして、せりふ言うことあるし」

「…………せりふ？」

「ミハルさんのは、ネタっていうの？　新作のアイディアでしょ。魔法使いが出てくるお話」

深晴はそろそろと湊介を見上げた。

「ネタ……に、聞こえました？」

「うん。ほら、ミハルさんのお話ってファンタジーっぽいじゃん？　蒼の国シリーズもそうだし」

きらきらした笑みを浮かべた湊介は、嘘《うそ》を言っているようには見えなかった。

（そっか……ネタだって、思ってくれたんだ）

知らず、深いため息が漏れた。湊介は人懐っこい犬みたいに首を傾《かし》げて見つめてくる。

「さっきはごめんね。ミハルさんが規一郎さんと話してたのに、割り込んで邪魔しちゃって」

「いえ……それは、気にしないでください」

「出かけるのつきあってって言ったのも、初対面相手に図々《ずうずう》しすぎるって怒られた。俺はミハルさんの漫画読んだことあるし、規一郎さんが一緒に仕事してる人だから、もう知り合いみたいな気分だったけど、ミハルさんはびっくりしたよね」

洗面台のほうに深晴を促してくれる湊介は、声も表情も神妙だった。ともすれば生意気で軽薄そうにも見える外見だが、中身は素直な青年らしい。

（……宮尾さんの従弟だもん、性格もいいに決まってるよね）

強張《こわば》った背中を撫でてくれる手つきも優しい。手を洗うとすかさずペーパーが差し出され、エスコートぶりについ笑みが漏れた。

「そんなことまでしてくれなくていいですよ。トイレに逃げてきちゃったのは、湊介……くん、に、失礼なこと言っちゃったから、焦っちゃって。いきなり目の保養とか言われたらいい気分じゃないですよね。僕のほうこそ、ごめんなさい」

頭を下げると、湊介はほっとしたように笑った。

「それこそ気にしないで、褒めてくれたんだからさ。それと、丁寧に喋らなくていいよ。ミハルさんのほうが年上でしょ」

ね？　と微笑みかける表情は屈託がなく、深晴はつられるように頷いた。親しげに口をきくのは慣れないが、なんとなく、湊介相手ならできそうな気がする。

深晴は頷いただけなのに、ひどく嬉しげな表情を見せた湊介は、期待に満ちた目を向けてきた。

「ミハルさんの新作気になるなあ。今度のはどんな雰囲気？　蒼の国シリーズみたいな感じ？　それとも、このまえ雑誌に載ったやつみたいな感じ？」

「……雑誌掲載のも、読んでくれたの？」

自慢ではないがほぼ無名の漫画家だ。二冊しか出ていないコミックスは発行部数が少ない。よほど熱心な漫画好きか、雑誌自体の愛読者でなければ知らないと思う。

湊介は大きく頷いた。

「もちろん！　漫画は日本語忘れないようにって、スペインにいるあいだに規一郎さんが送ってくれてたんだ。いっぱい借りたけど、ミハルさんのは印象に残ってて好きだったから、戻ってきてから雑誌も読んだんだよ」

「……好き……？」

「うん。ミハルさんの漫画の、なんていうんだろ、空気感？　みたいなのが好き」

笑顔が眩しい。滅多に聞かない――というより、宮尾以外からは直接褒められたことのない深晴は、単純にびっくりした。

(すごい……僕の描いた漫画を読んでる人が、目の前にいる)

湊介はわくわくした表情で、甘えるように顔を近づけた。

「だから、魔法使い出すならモデルは俺にしてくれたらすっごい嬉しいんだけど。俺これでも、『オズの魔法使い』で魔法使い役やったことあるよ」

「魔法使い役？　お芝居で？」

「うん。といっても中学校のとき、演劇の授業だったんだけどね。仕事としての役者は、まだまだこれからだけど――」

「……だけど？」

思わせぶりな口調につりこまれた深晴に、湊介はにっと笑みを浮かべた。

「モデルを俺にしてくれたら、ミハルさんの漫画が映画化されたときは、ばっちり演じられるよ」

自信ありげな、人を惹《ひ》きつける華やかな笑み。

マントをひるがえすような動作に続けて、芝居がかったお辞儀をしてみせる。

「さて、約束どおりきみに魔法をかけてあげよう」

低く作った声が響く。なめらかな動きで近づいてきた手は人差し指だけがまっすぐ伸びていて、くい、と額の真ん中を押された。痛くない、でも顔が持ち上がるくらいの強さ。

「きみが大好きな人と結ばれますように」

湊介は再びお辞儀をして、深晴はまばたきした。一瞬、本当に黒い、長いマントが見えたような気がして、湊介が記憶の中の魔法使いと重なる。――あの人も、背が高かった。

「どうどう？　かっこよかった？」

ぱっと表情を変えた湊介に聞かれて、深晴は素直に頷いた。

「すごくかっこよかった。魔法使いに見えたよ」

「でしょでしょ。モデルによろしく！」

破顔して、湊介はポケットからスマートフォンを取り出した。

「ね、連絡先交換させてよ。絵を描くときに実物がそばにいたほうが便利じゃない？」

「……や、でも、」

「それに俺も、ミハルさんがどんなふうに漫画描いてるのか詳しく聞きたいし、日本に戻ってきたばっかりで知りあいも少ないから、友達になってくれたら嬉しい」

ストレートな子だなあ、と深晴は感心した。外国の血を引いているからか、あるいは外国で暮らしていたからか。外見のちょっとやんちゃそうな雰囲気に似合わず言葉尻がきつくないところも、言いたいことを飾らずに伝えてくるのも、なんだか新鮮だった。

魔法使いの出てくる漫画を描く、と決まったわけではないけれど。

（……僕も、この人と、もっといろんなことを話してみたい）

ちょっとだけ迷って、深晴もスマートフォンを出した。

特定の人と友達になりたい、と思うのも、もしかしたら初めてかもしれない。

「やり方、よくわからないんだけど……」

「じゃちょっと貸して。やってあげる」

渡したスマートフォンを、湊介は慣れた手つきで操作する。

「へえ、ミハルさんて、深晴って書くんだ。いい名前だね」

「……それは、……ええと、ありがとう」

「できた。はい、こっちこそありがとう。あとで都合のいい日教えてね」

差し出されたスマートフォンを受け取って、深晴は不思議な気持ちになった。ほぼまっさらなアドレス帳には、湊介の名前が表示されている。

湊介は機嫌よくスマートフォンをしまうと深晴を促した。

「会場戻ろうか」

「……ううん。やめとく。このまま帰るよ」

「えっ？」

湊介が慌てたように振り返る。心配そうな表情に、深晴は「具合悪いとかじゃなくて」と首を振ってみせた。

「仕事、実はつまってるから……息抜きにってパーティに誘ってもらったけど、もう息抜きは十分したから、帰る」

「――そっか。仕事なら、引きとめるわけにもいかないね」

残念そうに眉を寄せた湊介は、気をとり直したのか、笑顔になると深晴の肩を叩いた。

「さっき俺が魔法かけてあげたから、仕事もきっとバリバリ進んじゃうよ」

「……大好きな人と結ばれる魔法じゃなかった？」

「大好きな人と結ばれるには仕事が片づいてないとデートもできないじゃん。だから進む」

いたずらっぽく輝く瞳でぱちんとウインクされ、深晴はくすっと笑った。発言は子供みたいなのに、仕草はキザだ。下手したら滑稽になりそうなのに、かっこよすぎて様になっているところがすごい。

「期待しとくね」

自然とそんなふうに返して、湊介が開けてくれたドアから外に出る。クロークまでつきそってくれた湊介は深晴がエスカレーターに乗るまで見送っていて、最後には手まで振られた。深晴も小さく手を振り返してホテルを出たときには、来るときよりもずっと明るい気持ちになっていた。

よかった。深晴の漫画を「好き」と言ってくれる人が、少なくともひとりは実在しているのだ。

読んでくれている人がいることを、いつのまにか忘れていたのかもしれない。

ポケットの中のスマートフォンを握りしめると、明日からはちゃんとプロットに取り組めそうな気がした。

よかったら打ち合わせしよう、と宮尾から連絡があったのは、パーティから十日後のことだった。

わかりましたと返事して、手書きのプロットを携えて赴いた深晴は泣きたい心境だった。

ファミレスのボックス席の向かいで、真顔で読んでいる宮尾が怖い。

（……なんで、パーティの日はできそうだなんて思ったんだろう……）

現実はそんなに甘くなかった。気分が上向いたおかげか、アイディアがまったく浮かんでこない、という事態は脱したけれど、それだけだったのだ。

魔法使いが出てくるのもいいかも、と思ってメインのキャラクター二人はイメージが湧いたのだが、肝心のストーリーは出だし以外どうにも浮かんでこず、無理やり作った流れは自分でも納得がいかない出来でしかない。

それを読み終えた宮尾が、無言で眼鏡の位置を直した。深晴は緊張して姿勢を正した。

「魔法使いと小さい町の少女っていう組み合わせはいいと思うよ」

「……はい」

「出だしは潮北くんらしい感じだし、面白そうだなって興味を引かれた。それに、この魔法使いのキャラクターは潮北くんには初めてのタイプだよね。うまくいけば、魅力的なキャラになると思う」

「はい」

「でもまだ、スランプだよね」

「――はい」

乱れることなく冷静で、かつ妥協を許さない宮尾の声に、深晴はうなだれた。宮尾はテーブルの上に数枚のプロットを広げて指さす。

「魔法使いが魅力的になるのは、うまくいけばであって、現状だと少女漫画の安易なヒーローみたいで、少女が惹かれる説得力がない」

返事もできなかった。

湊介にねだられたから、というだけでなく、彼の印象が強かったから、魔法使いは湊介をモデルにしてみた。演じてくれたあのわずかなイメージを頼りに、外見はかっこよく自信家で、だけど実は優しい、というキャラクターにしたのだが、それ以上は想像がつかず、うまくいかなかった。

「少女は潮北くんらしいキャラだから無理がないけど、話の内容は恋愛ものとしても、ミステリーとしても中途半端だよね？　キャラクターの感情に説得力がないから、入り込めないまま終わっちゃう」

「……」

　ぎゅっと膝の上で拳を握りしめると、宮尾はコーヒーを口にして、声をやわらげた。

「最初に恋愛面でももっと踏み込んだストーリーにしてほしいって言ったのはおれだけど、潮北くんがどうしても乗り気じゃないなら、無理にそっちに注力しなくていいよ」

「や、やります！」

　深晴は慌てて顔を上げた。宮尾の指導は厳しいが、無理難題を言われるわけではない。指摘や駄目出しにははっとさせられることが多く、いつも参考になる。物語を作るのに時間がかかるタイプで迷いがちな深晴にも根気強くつきあってくれるからこそ、諦められたくなかった。

「できます。綾又先生の猫シリーズだって、主人公と猫神さまの恋愛がなかったらあんなに感動しないですよね。だから僕も……ちゃんと、」

「彼は彼、潮北くんは潮北くんだから、ミステリーっぽさを前面に出すのも悪くはない」

「でも」

　深晴は自分のプロットを見下ろした。

「……でも、僕の中にいるキャラクターたちだって、きっと恋はすると思うんです。誰かのことを、大事に思っていると思うんです。僕がそれをうまく描けないだけで……人を好きにならないわけじゃないから、そこは頑張って描いてあげたいです」

「そうか」

宮尾は目元をゆるめて頷いた。

「そう思うなら、もうちょっと頑張ってみようか」

「――はい！」

よかった、とほっとしたが、仕事としては振り出しに戻っただけだ。宮尾はプロットを揃《そろ》えて戻してくれる。

「前回もだったけど、潮北くん、恋愛ものっていうと、ベタな方向にもっていきたがるよね」

「……やっぱり、不自然ですよね……」

「わかりやすいのも大事だけど、無理に王道を目指さないで、潮北くんなりの、素直な描き方をすればいいよ。そっちのほうが説得力が出る。今はなんだか、本音を言うのが怖くてごまかして描いてる感じがする。ごまかしや嘘は読者にも伝わってしまうって、わかってるよね？」

「――はい」

反省して真摯に受けとめつつも、すごいなあ、と感心してしまった。

宮尾はどうしてこんなに的確に、深晴の迷いや悩みがわかるんだろう。

恋愛に関してありきたりなせりふや展開に頼ってしまうのは、彼が言うとおり、どこかに恐怖心があるからだ。迂闊《うかつ》に自分が共感できることを描いたら、宮尾に気持ちがばれてしまいそうだから。

（だって宮尾さん、最初のときから……あんなに拙い漫画でも、好きって言ってくれたの、僕が一番描きたかったところだった）

別れのシーンの前の、小石を拾うところ。線路に転がっていたなんの変哲もない石をポケットにしまうその一コマが、最初に思いついた場面だった。ここのノスタルジックな余韻が好きだな、と言ってくれた宮尾の笑みを思い出すと、今でもじんと胸が熱くなる。たまらなく嬉しかった。

「――頑張ります」

迷惑な恋心がばれないように恋愛を描くのは難しいかもしれない。でも、もう一度、あんなふうに認めてもらいたい。なんとかして宮尾も納得してくれるものを描こう、と改めて決意して、受け取ったプロットを鞄《かばん》にしまう。

手つかずだったミルクティーを口に運ぶと、宮尾は「ところで」と口調を改めた。

「あれから、湊介が迷惑かけたりしてない？」

ぴくん、と肩が揺れてしまい、深晴はごまかすために大きく首を横に振った。

「迷惑なんて、とんでもないです」

「そう？　連絡先交換してもらったって嬉しそうにしてたから、しつこくしてるんじゃないか心配でね。あいつ、人懐っこすぎるだろう？」

「たしかに……人懐っこいなあ、とは思いましたけど」

曖昧に笑う顔がぎこちなくなる。深晴は首をゆるく横に振った。

「でも、あれから一度も、会ってないので」

「え、そうなの？」

驚いたように聞いてくる宮尾に頷く。

「湊介くんから、連絡がないんです」

実を言うと、深晴はけっこう、湊介からの連絡を楽しみにしていた。だが、二日、三日と日が経つにつれ、期待は不安に変わり、今はもう諦めの境地になっている。

彼からは、きっと連絡は来ない。

宮尾はじいっと深晴を見つめ、それからふっと微笑んだ。

「その言い方だと、湊介からの連絡を待ってた、みたいに聞こえるね」

「待ってた……と、いうか……」

彼ならすぐ連絡をくれると、思い込んでいたというか。

口ごもると、宮尾は勝手に納得したように頷いた。

「潮北くんは湊介みたいなタイプは苦手かと思ってたんだけど、迷惑じゃないならよかった。湊介のほうも珍しく遠慮したかな。普段はおれが釘《くぎ》を刺してもあんまり効果ないんだけど……そのうち我慢できなくなって誘ってくるだろうから、相手してやって。仲よくしてもらえると、おれとしても嬉しい」

「……はい」

宮尾が機嫌のいい笑みを見せてくれるのは嬉しいが、彼の言葉で安心できたわけではなかった。

もう十日も経っているのに、一度もメッセージが来ないのは、あの日の湊介の様子を思うと不自然な気がする。

それに、彼なら深晴以外の友達も、すぐにたくさんできるはずだ。深晴があの日気持ちが軽くなって、これで漫画が描けると思ったにもかかわらず、現実はそう甘くはなかったように——湊介のほうは、勢いで連絡先を交換したものの、改めて会いたいほどじゃないな、と気がついたのかもしれない。

（そういうことも、あるよね）

いっときの興奮が冷めるのは当たり前だ。宮尾まで人懐っこいと表現する彼が未だに連絡をよこさないなら、会う気がないのだろう。せっかく友達ができたと思ったのに、寂しくはあるけれど、寂しさになら慣れている。実家の食卓で深晴だけ口をきかずに終わる毎日も、大学のサークル仲間からどんどん連絡がこなくなったときも、迷子になったときだって寂しかった。だからいつものことだと思えばいい。

内心で言い聞かせてミルクティーを口に運ぶと、宮尾は腕時計を確認して伝票に手を伸ばした。

「じゃあ、プロットのほうは来週また進捗を確認させてもらうから、よろしく」

「はい、よろしくお願いします。——いつも、すみません」

定期的に仕事ができているわけでもないのに、宮尾は月に三回は会ってくれる。そのたびに「長くなるから」と食事も一緒にさせてくれ、かつかつで生活している深晴にはありがたかった。なにより、ひとりで食べるよりもずっとおいしい。

バイト頑張って、と励ましてくれる宮尾と別れ、週に四、五日働いている書店に向かう。漫画の収入だけでは暮らしていけないので、趣味と実益を兼ねて書店でアルバイトをしているのだ。

午後一時から九時までの遅番シフトで、黙々と返品作業と掃除をこなし、電車に乗ってアパートに帰り着くと、もう十時近かった。

真冬の凍えそうな寒さに身震いしつつ、ポケットの鍵を探ってアパートの階段を上ろうとした深晴は、ふいに動いた人影にびくりとした。誰かいる。暗がりからまっすぐに近づいてこられ、縮みあがった深晴は慌てて逃げようとした。

「あ、待って！」

「――っ」

待てない、と思った瞬間階段につまずいて、深晴は両手をついてべしゃっと潰れた。

「うわっ、大丈夫⁉」

慌てたような声がかけられる。手を摑んで助け起こされて、深晴ははっとして振り仰いだ。

「どこも怪我《けが》しなかった？」

「……湊介くん？」

心配そうに覗き込んでいるのは湊介だった。汚れた深晴のダッフルコートの裾をぱたぱたと払ってくれる彼に、ぼけっとした声が出る。

「な、なんでいるの？」

「深晴さんが全然連絡くれないからだよ」

深晴の手を引いて階段を上りながら、湊介は拗ねた顔をした。

「俺は規一郎さんに念を押されちゃったから、連絡したいのずーっと我慢してたのに、深晴さん一回も連絡くれないんだもん。俺、都合のいい日教えてって言ったよね？」

「ご、ごめん」

反射的に謝ってしまい、それから思い直した。

「でも、なんでここ、知ってるの？」

「なんでって、スマホに入ってたよ、深晴さんの住所。悪用されると大変だから、簡単に他人にスマホ手渡したら駄目だからね」

諭すような口ぶりに、深晴は「きみがそれを言うの……」と言いたくなるのを我慢した。迷わずに深晴の部屋の前に立った湊介に呆れつつ、鍵を開ける。

湊介は当たり前の顔をして「お邪魔しまーす」と入ってきた。

「さすがに寒かったー」

「……いつから、待ってたの？」

「夕方五時くらい。でも一回、寒すぎて駅前の喫茶店に避難して、三十分前くらいに戻ってきたとこ」

「それは……お疲れ様」

一応労《ねぎら》い、深晴は困って湊介を見上げた。この部屋に人を入れたことは一度もない。家に呼ぶような相手がいないから、もてなすための用意も当然ない。ないのだが、この場合。

「……あの、コーヒーとかないんだけど、日本茶でもよければ……飲む？」

「わ、淹《い》れてくれんの？　俺日本茶好き、ありがと」

湊介は勝手に椅子《いす》に座った。仕事スペースを兼ねた四角いテーブルは、もともと椅子が二脚セットになっていたものだ。普段は物置になっているもうひとつの椅子から漫画雑誌やメモに使うコピー用紙を床に移し、コンロでお湯を沸かす。

「深晴さんの部屋、片づいてるね」

興味深げに狭い１Kを見渡す湊介は、古びた室内で完全に浮いていた。コートもボトムも黒のシンプルなデザインで派手ではないのに、彼にだけスポットライトが当たっているみたいだった。

百均で買ったマグカップも、湊介が持つと妙におしゃれなような気がする。

安物の煎茶を、湊介はおいしそうに飲んだ。

「あー、落ち着く。日本茶って、なんか懐かしい感じがして好きなんだよね」

「スペインで暮らしてたのに、日本茶が懐かしかったりするんだ？」

「十三歳までは日本にいたんだ」

「そっか……だから日本語、すごく上手なんだね」

いくら漫画を読んでいたって、日本で暮らしていなければこんなに自然な日本語にはならないだろう。納得すると、湊介が身を乗り出した。

「ほんと？　俺の日本語変じゃない？」

「うん。変じゃないよ、全然大丈夫」

「よかった。今、舞台の台本と映画の台本と、どっちも読んでるんだけど、わからない単語があって不安になってたんだ」

ほっとため息をついた湊介は、ふと思い出したように深晴を眺めた。

「それにしても、帰り遅かったね。漫画家さんて家にこもってることが多いんだと思ってた」

「今日は……宮尾さんと打ち合わせがあって、そのあとアルバイトだったから」

「アルバイト？」

「書店で働いてるんだ」

言いながら、漫画だけでは食べていけないと言っているようなものだなとせつなくなったが、湊介のほうは目を丸くした。

「すごいじゃん！　漫画描いてるのに、アルバイトもしてたら大変じゃない？」

「た……大変……では、ない、かなあ」

「そうなの？　本屋さんってなんかのんびりしてそうだもんね」

「ううん、店員割引があるから本が安く買えるのは便利だけど、けっこう重労働だよ。大変じゃないのは、……本職のほうが、そんなに忙しくないから」

言い訳がましい口調になる自分が悲しい。「そんなに忙しくない」どころか「全然忙しくない」状況で見栄なんか張ってもどうしようもないのに。

湊介はのんきに「そうなんだ」と感心した声を出して、深晴の手に触れてくる。

「ねえ、新作の漫画、できた？」

「そ、そんなに早くはできないよ。今はまだ……ええと、漫画の作業に入る前の、アイディアをまとめてる段階で」

深晴は慌てて手をひっこめた。この前もそうだったけれど、湊介はボディタッチが多い。外国暮らしが長いせいだろうが、直接肌が触れるとやはりびっくりする。ひっこめてから、感じ悪かったかな、と後悔したが、湊介のほうは気にしていないようで、甘えた表情で頬杖をつく。

「アイディアノートみたいなのないの？　俺、見てみたい」

「……プロットは……それは、いっぱいある、けど」

宮尾に見せられるようにある程度意識して書いてはいるが、見ても面白いとは思えない。

湊介は絶妙な角度で首を傾げた。

「この前もちょっと言ったけど、俺、映画で漫画家の役をやるんだ。だから、深晴さんの仕事ぶりとか日常とか、ぜひ取材させてもらいたいんだよね」

「漫画家の役って……宇治《うじ》先生の作品の、パーティで紹介されてたあの映画？」

「そう」

頷かれて、だからパーティ会場にもいたんだな、と合点がいったが、湊介だけ、キャストとして紹介されなかったのが不思議だった。これから売り出すから、ということなのだろうか。なんにせよ、取材したいと言われるなんて光栄だとは思う。思うけれど。

「あのお話の漫画家の役っていったら、主人公の友人役でしょ？　大事なキャラクターだし、売れっ子漫画家っていう設定だから、参考にするなら僕じゃないほうがいいと思うけど……」

「深晴さん、いろいろ質問されるのいや？　俺、仕事の邪魔にならないようにするよ」

「僕がいやとかじゃなくて……宮尾さんに頼めば、もっと適任の先生を紹介してもらえるんじゃないかな」

「やっぱり、いや？」

猫のようなアーモンド型の瞳が寂しそうに潤んで、深晴はうっとつまった。整った顔でそういう表情をされると、破壊力がすごい。年上の女の人とかなら、なんでも言うことを聞いてあげたくなってしまいそうだ。

湊介はじいっと見つめてくる。

「役者だってタイプはいろいろだから、漫画家さんもそうなんだろうなって思うけど。でも、教えてもらうなら俺、ひとりは絶対深晴さんがいいよ」

「——湊介くん」

「好きな作家のこと知りたいって思うの、駄目かな？」

ざわっ、と胸が震えた。

湊介にとっては、きっとなにげない一言なのだとわかっている。人懐こくて社交的で、こんなに甘え上手で……少しでも好意を持った相手や興味のあることには、簡単に「好き」と言えるのだろう。

あんまり重く受け取っては駄目だ、とわかっているのに、やっぱり嬉しい。

深晴は席を立って、入れ忘れていた暖房をつけ、棚にしまってあるファイルを持ってきた。中には手書きのプロットとネームが保存してある。

「ボツになったプロットも入ってるから、期待してたらがっかりしちゃうかもしれないけど……これがプロットっていって、どういう物語にするか、文章だけでまとめたもので、こっちがネーム。漫画のかたちで、コマ割りとかせりふの配置とか、どんな絵を入れるかとかを決めていくんだ」

「わ、ありがとう！」

いそいそとファイルを手にした湊介は、なにを思ったか、じっと深晴を見つめてくる。

「コート脱いでもいい？」

「寒くなければ脱いで。ごめんね、暖房すぐに入れなくて」

「平気。勝手に押しかけたのは俺のほうだから」

嬉しそうに微笑まれ、ああ、と深晴は気づいた。

人懐っこいけれど、図々しくはない。コートを脱がずにいたのは、単に寒かったからだけでなく、長居するつもりはない、という意思表示だったのだろう。

(不思議……湊介くんて、ちょっとずつ、予想を裏切ってくる)

コートを脱いだ湊介は中もやっぱりシンプルな服装で、興味津々な表情でファイルをひらいた。

「深晴さんの字って読みやすいね。それに、すっごい細かいことまで決めてある。プロットを書いたあとに、ネームを描くの?」

「そう。プロットの段階で宮尾さんに見てもらって、オーケーが出たらネームにして、また宮尾さんにチェックしてもらうんだ」

「ふぅん……あ、これ、『蒼の国』の絵だ。そっか、小物のデザインとかも全部考えるのか……」

ファイルに見入る湊介の睫毛《まつげ》が長い。熱心に見ている真剣な表情は凛々しくて、変なの、と深晴は思った。今日で会うのは二回目なのに、部屋に上がりこまれて、滅多に他人に見せる機会のないネームまで見せている。もっと緊張してもいいはずなのに、意表をつかれてばかりいるせいか、ふつうに話せている自分が不思議だった。

(……宮尾さんの従弟だから、なのかな。あんまり……他人っぽくない感じ)

一ページずつ丹念に目を通しながら、湊介が聞いた。

「映画の台本だと、また担当と揉《も》めた、って言うシーンがあるんだけど、深晴さんも規一郎さんと揉めたりするの？」

「それは……揉めた、の内容にもよるし、人にもよると思うけど、僕は揉めたことはないよ。そのプロットの量を見てもらえばわかると思うけど、ボツもいっぱい食らうし、駄目出しもいっぱいされるんだけど……でもそれは、揉めるのとは違うから」

「あー。規一郎さんて仕事は妥協しなさそう。あの人、自分にも他人にも厳しいとこあるよね」

優しいんだけどさ、と呟く声には実感がこもっている。

「……湊介くんと宮尾さんて、仲いいんだね」

「うん。うち、両親離婚してんだけど、規一郎さんて親父《おやじ》のほうの親族で、今でもつきあいあるのはあの人くらい。昔から仲よくて、従兄《いとこ》っていうより実の兄みたいだった」

さらっとプライベートを打ち明けた湊介は、ファイルをめくると顔を上げた。

「これで全部？　新作のは入ってないみたいだけど」

「――前の読み切りから、宮尾さんにオーケーもらったプロットがないから」

咄嗟《とっさ》にそう濁したのに、湊介は不思議そうにファイルをめくり直す。

「でも、このファイル、ボツの分も入ってるんだよね？　前の読み切りのネームの後ろになんにもないのはなんで？」

「……新作描くのには、時間かかるタイプなんだ」

「でも、アイディア自体はあるんだよね？　そういうのはメモしないいんだ？」

まっすぐに見つめてくる視線が痛い。役作りのために聞いているだけだろう、とわかっているのに、追いつめられているような気がするのは――完全に自分のせいだ。

冷めてきたお茶に目を落として、深晴はため息をついた。

「……スランプなんだ」

「え？」

「ほら、宇治先生の話でも出てくるでしょ。主人公が、なんにも浮かんでこない、っていうアレ」

「深晴さん、スランプなの？」

尋ねてくる湊介の声が真剣で、深晴は無理に笑ってみせた。

「僕なんかの仕事量でスランプなんておこがましいけど」

「スランプに仕事量は関係ないんじゃない？　役者にもあるよ。たぶん、ほかの仕事だって、会社員だって、プロじゃなくたってあるんじゃないかな。俺もあるもん」

「湊介くんも？」

意外だった。湊介は挫折したことのなさそうな雰囲気だし、若くて器用そうなのに。

やや照れくさそうな表情で、湊介は再びファイルをめくりはじめた。

「高校卒業してから本格的に芝居はじめたんだけど、ある日急に、どう演じてもしっくりこなくて、焦って、失敗して、また焦ってっていうループに入っちゃったんだ。例えば簡単な相槌《あいづち》をうつだけの芝居とか、今までどうやってたか全然わからなくなって」

当時を思い出しているのか、ちょっとだけ湊介の声が掠《かす》れた。

「なにやってもうまくいかないから気持ちも荒《すさ》んでさ。ちょっとしたことでもいらいらしちゃったりして、自己嫌悪になったよ。逃げ出したくなったくらい」

「……わかる」

知らず、大きく頷いていた。

「逃げ出したいの、わかる……」

「漫画も、そんな感じ？」

「うん。僕、昔からすごく絵を描くのが好きで……お話を考えるのも好きで、いつもいっぱいせりふとか、キャラとか、ストーリーが頭の中にあったはずなのに、いざ書こうって紙に向きあうと、うまく言葉にならないんだ」

緑色を帯びた目で見つめられると、声が、喉からするする引っぱられるみたいに出てきた。

「宮尾さんは潮北くんらしさを大事にして、って言ってくれるんだけど、今までその路線でやってきて売れてないんだからやっぱり駄目だよなとか、この話じゃまた退屈だって思われるかもとか、読者の好きな話にしなくちゃとか……そういうことばっかり浮かんできて、どのネタもつまらない気がして、書いてもまとまらなくて」

「うん」

「あんなに描くのが好きだったのに、最近は好きって思えない。この前の読み切りは一度も楽しく思えなくて、そんな状態で世に出しちゃったのは後悔してるんだけど——次はちゃんとしなくちゃって思うとまた、できなくなるんだ。今は、昔はなにが楽しかったんだっけって、不思議なくらい」

会って二回目の、年下の、全然違う境遇の人間に向かってなにをぶちまけているんだろう、と意識の片隅で思う。思うのにとまらなくて、深晴は結局吐き出した。

「——もしかして、もうやめたほうがいいのかな、って考えたりする」

「大丈夫だよ」

間髪を容《い》れず、湊介が言った。

「俺がスランプになったとき、演劇の先生が教えてくれたんだ。スランプって、それまで駄目だと気がつかなかったことに気づいた証拠だから、必ず乗り越えられるって」

力強い言葉に、突かれたみたいに胸が痛んだ。そうだったらいい。でももう、半年くらい出口が見えないままなのだ。

「……僕でも、乗り越えられるのかなぁ」

「俺は乗り越えられたよ。スランプも大事なんだって思えたら楽になってさ。俺ができたんだから、深晴さんだって絶対大丈夫」

励ましてくれる口調は熱心で、手を握りしめられても今度はいやじゃなかった。

「こんなにたくさん、今までだって描いてきたんだから、これからだって大丈夫」

指があたたかい手に包まれている。胸の内側がきゅっとよじれ、ついであたたかくなってきて、深晴は湊介の手元を見つめた。あのファイルの中身は、半分以上が拙い出来だ。それよりよくなろう、うまくなろうとしてスランプなら——たしかに、悪くないのかもしれない。

「……なんか、大丈夫な気がしてきた。すごいね、湊介くん」

「べつにすごくはないけど、深晴さんのこと元気にできたならすっごく嬉しい」

手を握ったままにこっとされ、きらきらした笑顔に深晴はぽっと赤くなった。

「ほら、そういうところも……僕より全然年下なのに、励ますのも上手だし、もてそうだし」

「もてるのは年齢関係ないじゃん。それに、年下って言っても、深晴さんだって俺とそんな変わんないでしょ」

やっと手を離してくれた湊介は、今度は前髪に触れてきた。ちょい、と持ち上げられる。

「二、三個離れてるかどうかってとこじゃん？」

「………湊介くん、今いくつ？」

「今年二十三になる」

「っ…………僕…………二十八なんですけど……」

「えっうそ」

がば、と湊介が身を乗り出した。まじまじ顔を覗き込まれ、深晴はむぅ、と膨れた。

「嘘じゃないです。先月、二十八になったとこ」

「へえ、一月生まれなんだ。俺六月生まれ」

現時点では六歳差だ。年下に励まされるのが恥ずかしいことだとは思わないが、それにしたって、と深晴はため息をついた。

「今すごく、自分が情けない感じ……」

「ええ、いいじゃん、悩みも年齢は関係ないよ。俺はこれからやっとデビューだけど、深晴さんはもうプロになってるんだしさ。スランプでも、今日だって規一郎さんと打ち合わせしてきたんだろ？」

「打ち合わせはしたけど、仕事としては進展なしだよ。プロットにオーケー出たわけじゃないもの」

慰められれば慰められるほど落ち込む。

思案げに眉根を寄せた湊介は、テーブルの上で腕を組んだ。

「今は、どんなの描こうとしてるの？」

「……今？」

深晴は数回、まばたきした。こちらを見てくる顔の角度が、宮尾によく似ている。話し相手をぞんざいにしない態度もそっくりだ。

担当さんが二人になったみたい、と考えて、深晴は座り直した。どうせここまで打ち明けたのだから、相談してみるのもいい。

「湊介くんが面白そうって言ってくれたし、魔法使いが出てくる話にしようって思ったけど、うまくイメージが膨らまなくて。キャラクターがしっかり摑めてないと、話も浮かんでこないんだ」

「へえ、そういうものなんだ。魔法使いはどんなやつ？」

「……えっと、能力はすごいんだけど、一匹狼《おおかみ》で、ずっと旅してる。一見近寄りがたいんだけど、実は優しいっていうのがいいかなと思って。……ほら、トイレで湊介くんが演じてくれたみたいな」

「あー、あれ、ちょっとかっこつけすぎた感じだったかな」

「かっこいいのはかまわないはずだけど……宮尾さんには、うまくすれば魅力的になるけど、今のままだとありがちで面白くないって」

「あっさりめが、いいかな」

「オッケー、まかしといて」

ウインクが返ってくる。嬉しそうな笑顔のせいで、今日はその仕草もキザというより可愛《かわい》い弟みたいな雰囲気だった。でなければ、喜び勇んでいる犬。

変な子だなあ、としみじみしてしまう。

第一印象は苦手なタイプだったのに、あっというまに綺麗な容姿に引き込まれ、かと思えば優しさにびっくりさせられて、明るさにつられて。やっぱり友達にはなれないかとがっかりしたあとには、押しかけられて、相談なんかして、今度は食事ときた。

(万華鏡とか、手品師とかみたい……それか、ほんとに、魔法使い)

ほとんど無意識に、脇に片づけた荷物の中からコピー用紙を抜きとり、シャープペンシルを手にした。横顔を見せている湊介に視線を走らせ、スケッチしていく。

古いアパートの低い天井の下、狭い台所に立っている湊介は窮屈そうだ。なのに、楽しそうだった。色と、光と、秘密とおどろきがいっぱいつまっている感じ。深晴には馴染《なじ》んだ、さっと空想の世界が広がっていく感覚に、久しぶりにわくわくした。

サーカスみたいな鮮やかさが思い浮かんで、三角をつらねたフラッグガーランドを描き入れたところで、「できた」と声がした。

深晴は慌ててコピー用紙を隠した。ファイルを片づけ、テーブルを拭いていると、湊介が料理を運んできてくれる。湯気の立つどんぶりを深晴の前に置くと、自分用には鍋をそのまま持ってきた。

「熱々のうちに食べてよ。いただきまーす」

元どおり深晴の向かいに座り、鍋にスプーンをつっこむ湊介の豪快さに呆気にとられつつ、深晴もスプーンを手にした。

掬《すく》うと、野菜と一緒に米も入っている。口に入れると小さく切られた野菜はどれもやわらかく、まろやかで優しい味がした。ふわんと立ちのぼる香りも穏やかでいい匂いだ。

「……おいしい」

「ほんと？　よかった。これおふくろが風邪ひいたときに作ってくれるんだけどさ、ごはんをスープ系に入れるのいやだって人もいるから、ちょっと心配だったんだよね」

ほっとした表情を見せて、湊介は気持ちのいい速度でスープを片づけていく。深晴ももう一さじ、口に運んだ。飲み込むと胃のあたりからぽかぽかとあたたかくなってくる。

「お粥《かゆ》より食べ応えあるけど、これならたしかに、風邪のときにも食べられそう」

「でしょ」

他人の作った手料理なんて初めてなのに、なんだか懐かしい味だった。外で食べるような派手な味つけではないけれど、何回口に入れても飽きがこない。

早々に食べ終えた湊介は、もぐもぐ咀嚼《そしゃく》する深晴に目を細めて、頬杖をついた。

「深晴さんの冷蔵庫、食材入ってたのはちゃんとしてるなーって思ったけど、食器の数なさすぎだよね。やっぱり俺の部屋のほうがいいよ。一応食器も数あるから」

「――本気で、同居するつもりなの？」

「俺朝ごはん作るのもうまいよ」

　返事になっていない返事に、ごくんとスープを飲み込む。湊介は断られるとは微塵《みじん》も思っていない顔だ。機嫌のいい表情。さっきのスケッチの続きをまた描きたくなるような――深晴の引き出しにはない、明るい笑み。

　あんなふうについ絵を描いてしまうなんて、久しくなかった。

「……ら、来週からでも、いい？」

　湊介の提案どおりに同居したら、もしかしたらもっと、描きたい気持ちが湧くのではないだろうか。

　そう思えて口をひらいたのに、声に出すとなぜか緊張した。ちらっと湊介を窺《うかが》うと、目があうなり彼はガッツポーズした。

「やったー！　俺正直ちょっと寂しかったんだよね。ありがと、助かる！」

「……いえ、僕のほうこそ……変なこと頼むことになっちゃって、ありがとう」

　言いながら日本語が壊滅してるなと思ったが、湊介は満面の笑みで手を差し出してきた。

「寂しくないし役作りの参考にもできるし、深晴さんの役にも立てるなら最高だよね。これからよろしく」

「……うん。よろしく」

　二度目の握手はちゃんと深晴のほうからも手を差し出せて、ぎゅっと握られるとスープよりも身体がぽかぽかした。

翌日、深晴は宮尾にメールを送った。

彼は湊介の従兄だし、仕事のためを考えて同居するわけだから、報告しておくべきだと思ったのだ。

今までしたことのないことをやってみるのもいいと思って、と書き添えて送信すると、アルバイトの昼休みに電話がかかってきた。

『潮北くん、今休憩中だよね。近くまで来てるから、よかったら会わない？　駅前の喫茶店にいる』

「わざわざ来てくれたんですか!?　すみません、すぐ行きます」

担当している漫画家はいっぱいいるだろうに、深晴のアルバイトのシフトまで覚えているなんてすごい。宮尾さんて面倒見いいなあ、とときめきつつ、指定された喫茶店に向かうと、彼はいつもどおり昼食もオーダーしてくれた。

深晴と同じパスタを食べながら、宮尾は穏やかに言った。

「まず、湊介との同居は、驚いたけどいい案だと思う。潮北くんの場合、経験したことがしっかり作品に反映されるから、なんでもやってみるのはいいことだよ」

「ありがとうございます。……宮尾さんに確認してから決めたほうがよかったなってあとから気づいたんですけど、湊介くんが誘ってくれて」

「あいつも成人してるし、おれが保護者ってわけじゃないから、そのへんは気にしないで。湊介がきみに迷惑をかけないか、そっちのほうが心配ではあるけど」

ちょっと苦笑した宮尾は「でも」と表情を改めた。

「湊介の部屋を使うのは反対だ」

「――え？　どうしてですか？」

昨日の夜、湊介が帰宅したあとで写真を送ってくれた。まだ新しそうなマンションで、深晴の部屋より広くて快適そうだった。パソコンや画材をある程度持ち込んでも窮屈にはならないだろう。他人と暮らす、という未知の行為には不安があるものの、そこは覚悟の上だし、深晴の狭いアパートよりはお互い負担が少ないはずだ。

「ほら、あいつ、一応芸能人だから。まだまだ無名だけど、じきに映画のキャストとしても発表されることになってる。それで注目されれば――されないと困るから、制作委員会とか事務所がちゃんと計画を練っていて、注目してもらうことになってるんだよ」

「？　はい」

再来週から撮影がはじまるって言ってたっけ、と思い出して頷くと、宮尾は困ったな、というように笑った。

「だからね。有名になると、プライベートも騒がれるものだろう？　ないとは思うけど、潮北くんに迷惑がかからないともかぎらない」

「――あ」

その可能性には、全然思い至らなかった。

「そっか……僕みたいな友達と同居してるなんて、マイナスイメージになるってことですよね」

「いやいや、そうじゃなくて。潮北くんのほうが、湊介の友人として質問されたりとか、写真撮られたりするかもしれないよってこと」

笑いながら言われ、半分は納得したが、半分はぴんとこなくて、深晴は首を傾げた。深晴が美貌の女子高生とかならまだしも、二十八にもなった売れない男性漫画家になど、マスコミは興味を持ちはしないだろう。

「……でも、なんにせよ、湊介くんと同居するのはあんまりよくないってことですよね？」

「いや、湊介のためにも、きみのためにも、一緒に暮らしてみるのはいい経験になると思うんだ」

宮尾は眼鏡を押し上げた。

「そこで提案だ。二人とも、おれのマンションで暮らしてほしい。セキュリティがしっかりしているし、なにかあってもおれが対処してあげられるから」

「み、宮尾さんの？」

ぎょっとして、深晴はフォークを落としそうになった。大真面目《おおまじめ》な顔で頷かれ、さらに慌てる。

「でも……そんな、宮尾さんにご迷惑をおかけするわけには」

というか、無理だ。見ているだけでもいいと思っている恋する相手と、ひとつ屋根の下で暮らすのは無理だ。

「それくらいなら、湊介くんに言ってやっぱり同居はなしってことに」

「いや、同居はして」

ぴしゃりと宮尾が遮った。

「潮北くんのスランプ、どうしたらいいかおれも悩んでいたところなんだ。休むのはきみの性格上難しいようだし、人間は生半可な決心なんかじゃ変われないからね。環境を変えるのはいい案だ」

宮尾が言うと説得力があって、深晴は反論しかけた口を閉じた。

「それに、湊介も一人暮らしは初めてだから、過保護だとは思うが、少し心配してたんだ。ああ見えて寂しがりやなところもあるし、これから仕事が本格的にはじまるときに、ストレスはできるだけ少ないほうがいいだろうと思ってたから、同居する相手がいてくれるのはおれとしても心強い」

「……そ、それなら狭いけど、僕のアパートで」

「うちなら広さだけはあるから、その面も心配はいらないよ」

再度深晴の声を遮り、宮尾は迫力のある笑みを浮かべた。

「おれに迷惑をかけるとか、そういう心配をするくらいなら、早くスランプを脱してもらいたいんだ。潮北くんの作品が好きだからデビューさせたんだし、担当を続けてる」

「……」

「一回のスランプごときで潰れてほしくない。だからおれだって協力は惜しまないし、潮北くんにも、なにがなんでもいい作品を描く、っていう気概を見せてほしい」

「――」

「期限はひとまず、潮北くんが次に掲載する分を仕上げるまででどう？　効果があるなら延長してもいい」

質問のかたちをとってはいるが、きらりと光る宮尾の目は有無を言わさない強さだった。深晴は顎《あご》を引き、視線を彷徨わせ――たっぷり一分迷って、頷くしかなかった。

「わ、わかりました」

宮尾がこの目つきをしているときは、逆らっても無駄だ。

(僕が、頑張るしかない。気持ちがばれないように……変に思われないように、迷惑かけないように)

ずっと打ち合わせをしていると思えば、できないことはないはずだ。

一緒の部屋で寝るわけじゃないだろうし、きっと大丈夫。宮尾のことは、同居しているあいだはできるだけ見ないようにしよう。

「じゃあ、支払いはしておくから、同居の件は湊介に伝えておいてね。午後もアルバイト、頑張って」

「はい……あの、ごちそうさまでした」

伝票を手にした宮尾が立ち上がり、慌てて腰を浮かせて頭を下げると、彼は唇の端を優しく上げた。

「どういたしまして」

ぽんぽんと二回、肩を叩かれる。仕方ないな、とでも言いたげな笑い方は今までにない親しみが込められていて、どきん、と心臓が高鳴った。

まるで湊介に向けていたような――家族とか、恋人とか、親しい相手に見せるような、気安さが滲《にじ》む表情だ。この七年間で、あんなに親近感のこもった笑顔を向けられたのは、初めてな気がする。

生活をともにしたら、ああいう顔がもっと見られるのだろうか。

「嬉しい……けど、……心臓、もたなそう……」

湊介に今の内容を伝えるべくスマートフォンを取り出して、深いため息が出た。

今日こそ魔法使いに出てきてほしい。気持ちが隠せる魔法とか、誰とでもうまくやれる魔法とか、そういうのをかけてもらいたいくらいだった。

だって、一緒に暮らすということは、宮尾に気持ちがばれないようにするだけでなく、湊介にも気づかれないようにしなければならない、ということだ。この前のトイレは湊介が勘違いしてくれたからよかったが、毎回勘違いしてくれるとはかぎらない。

「――気をつけなきゃ」

深晴は窓の外に目を向けた。宮尾の姿はもうない。二月だけれどずいぶんと暖かい、うららかな昼下がり。天気はのどかだが、深晴には嵐の前の静かさにしか見えなかった。

ごちそうさまでした、と箸《はし》を置き、深晴は向かいに座る湊介と目をあわせないように立ち上がった。

「片づけ、僕がするね」

「深晴さん、疲れてない？　今日早番も人少ないとかで、いつもより早くアルバイトに出たでしょ」

「大丈夫。湊介くんだって劇団の稽古があったんだよね？　なのにごはん作ってもらったから、片づけくらいはやらせて」

できるだけ元気よく言って食器を重ねると、湊介も立ち上がった。

「じゃ、一緒にやろ。そしたら早く終わるもんね」

「……う、うん」

深晴よりキッチンに近い湊介はすぐシンクに向かってしまう。アイランド型のキッチンカウンター近くにダイニングテーブルがあり、カウンター側に湊介や宮尾が座るのが暗黙の了解になっていた。

１ＬＤＫにサービスルームがついた宮尾のマンションはかなり広かった。ディンクス向けの物件のようで、湊介がリビングの一角を使っていても、窮屈な感じはしない。深晴はここで仕事もするからとサービスルームを使わせてもらっていた。バスルームも広くて清潔、住環境としては自分のアパートよりも格段にいい。

家事は分担制で、お互い無理のない範囲で融通しあうことになっていて、アルバイトから帰ってきたらごはんができていたり、朝ごはんもちゃんと食べられるようになったりしたのもありがたかった。生活だけ見ればごく快適と言える。

快適なのに、深晴はもう疲れていた。身体が、ではなく、気持ちがくたくただった。

ずっと打ち合わせ中だと思えば大丈夫と思っていたのに、宮尾がそこにいる、というだけで緊張してしまう。「今日は帰り遅いの？」なんて聞かれると、声が裏返って苦笑される始末だ。

同居をはじめて四日目、一日ごとに蓄積していく気疲れは相当なもので、以前は大変だと思っていたアルバイト中のほうが、ほっと息をつける時間になったほどだった。

落とさないようにそろそろと運んだ食器をシンクに置き、湊介とはさりげなく距離を取って立つ。湊介はその微妙さに頓着する様子もなく、元気よく腕まくりした。

「俺が流すから、食洗機に入れてくれる？」

「うん」

さっと汚れを流して渡される皿を受け取るのにも気を遣う。弾みで手が触れると困るからだ。湊介とだって急に触れあったら少し困るし、まだ経験はないがいずれあるだろう宮尾と一緒に片づけをするときには、もっと困る。間違って手がぶつかったりしたら絶対皿を落とすとか変な悲鳴をあげるとかしてしまうはずだ。

接触系のハプニングだけではない、会話だってそうだ。宮尾とはどうしてもぎくしゃくしてしまうから、彼とだけおかしくなるのだと思われたくなくて、自然、湊介と話すときにも緊張するようになった。湊介が深晴の画材や勉強用に読んでいる電子書籍に興味を示して質問してくれても、ちっとも会話が弾まない。

ぎこちない深晴の様子には、宮尾たちも気づいているようだったが、敢《あ》えて触れずになにごともないように振る舞ってくれるのが、ありがたいと同時に申し訳なかった。

(結局……迷惑、かけてるってことだよね……)

手や肩が触れないように気を遣いながら一枚ずつ皿を食洗機に入れ、スイッチを入れたあとは湊介の逆側に回った。

「拭くの、やるね」

「ん、ありがとう」

手早く水切りかごに置かれるフライパンや鍋の水気を拭い、棚の中にしまえば後片づけは終わりだ。

(あとはお風呂に入るだけだから、宮尾さんが帰ってきたらすぐに自分の部屋に戻れるようにしよう)

そうすれば宮尾とほとんど顔をあわせずにすむ。バスルームに向かいかけると、湊介が呼びとめた。

「深晴さん、チョコレート飲まない？」

「……チョコレート？」

「スペインから持ってきたやつなんだけど、スパイス入りなんだ。ココアみたいに飲み物にするの。嫌いじゃなかったら飲んでみない？」

湊介は棚から出した黄色い箱を振ってみせた。

「匂い、先に嗅《か》いでみる？」

「……うん」

スペイン語らしきロゴの入った箱はのびのびとしたデザインだ。それに惹かれて湊介が開けてくれた箱に鼻を近づけると、シナモンっぽい香りがした。思ったよりもスパイシーだが、しつこいほどではない。湊介は木彫りの棒も見せてくれた。マドラスのように下が膨らみ、穴がいくつもあいている。茶色く色づけした部分には単純化した花が彫られていて、民芸品みたいな雰囲気だ。

「この専用のスティックで、牛乳の中で溶かして飲むんだ」

「これで？　面白そう」

「回すと上の輪っかが鳴って、ちょっと楽器みたいだよ」

にっと笑った湊介は小鍋に牛乳を入れると、チョコレートを割り入れた。両手をすりあわせるようにして棒を回転させ、ゆっくり牛乳をかき混ぜていくと、徐々に牛乳にチョコレートの色がついていき、ふんわりスパイスの香りが漂った。

しっかり温めてできあがったそのチョコレートドリンクを、湊介は大きなマグカップにそそぎ分けてくれた。

「いただきます……ん、ん、甘い」

予想以上に甘く、チョコレートの味が濃厚だ。飲み込んだあとにはスパイスのぴりっとした風味が残って、深晴は湊介を見上げた。

「甘い、けど、スパイスが効いてるからかな。また飲みたくなっちゃう味だね」

「でしょ。これ好きなんだ。朝に飲んでもいいいし、疲れた日は夜も飲みたくなるんだよね。——座って飲も、深晴さん」

嬉しそうに目を細めた湊介は座ると頬杖をついた。

「深晴さんお疲れみたいだから、リラックスしてもらおうと思って」

「……ご、ごめんね。ありがとう」

ぎこちないのはばれているにしても、疲れているのは隠したい——そう思っていたのだが、やっぱり悟られていたらしい。

「深晴さんさ、初日より今日のほうが緊張してる気がするんだけど、なにか困ることある？」

自分もチョコレートを口にして、湊介はすぱっと聞いてくる。深晴はふるふる髪を揺らした。

「な、ないよ」

「本当に？　普通は日が経つと慣れてくるよね。なのに深晴さん、俺のこと避けてるみたいだから、もし俺がなにかしたなら謝るよ。俺に悪いところがあるなら、言って」

「……湊介くん」

神妙な顔をされると罪悪感で胸が痛む。甘くて濃厚なチョコレートをもう一口飲んで、深晴はそっと口をひらいた。

「湊介くんが悪いんじゃなくて……僕が、人見知りなだけなんだ」

「人見知り？　それって、初対面の人と話すのが苦手ってことじゃないの？」

「初対面の人も得意じゃないけど……二回目とか、三回目はもっと緊張しちゃうんだ。二回目以降って、なにを話していいかわからなくて」

「話題なんて、友達同士はなんでもいいじゃん。同居してる相手は半分家族みたいなものだから、話すことないなら黙っててていいし、黙っているのがいやなら今日あったこととか話せば？」

湊介は不思議そうだった。

「話すの苦手で沈黙も気まずかったら、俺に『なにか話して』って言えばいいのに」

「……う、うん。そうかもしれない、んだけど」

その提案自体もハードルが高いが、一番の問題はそこではない。湊介とはうまくやれるかもしれないが、宮尾とはきっと無理だ。それを隠すためには、湊介と親しくなるのも困る。

（かといって……このままぎくしゃくして、二人にも気を遣わせて、僕も疲れちゃうのも……）

マグカップを見下ろすと、視界の端で湊介が腕組みするのが見えた。

「人と話すのに緊張することは俺もあるから、やっぱり難しいよね。俺は緊張しないようにおまじないとかするんだけど」

「……おまじない？」

湊介くんが？　と意外に思い、ちらりと窺うと、湊介は肩を竦めて笑った。

「話すときだけじゃなくて、稽古場に入るときとか、仕事で人と会うときなんかも使うんだ。緊張感がないのもよくないけど、緊張しすぎるのも困るから。俺の場合は、鏡の前に立つの」

「鏡？」

「ほんとは誰かにやってもらうのがいい……というか、自分だとできないんだけど、代用品ってことで、こうやって」

湊介は腰を浮かせると手を伸ばしてくる。人差し指だけをぴんと立ててこちらに向けられて、あ、と思い出したときには額を押されていた。痛くなく、けれど顎が上がるくらいの強さ。

「ぐって押して、顔上げんの。『大丈夫。悪い人より、いい人のほうが多い』って考えながら」

ふわっと微笑んだ湊介はちょっとだけ寂しそうだった。

「……これ、トイレで魔法のとき……」

「そう。俺にはご利益、あるからさ」

指を離して、湊介は今度はにこっと笑う。

「深晴さん、喋るの上手じゃん。ゆっくりなのはちゃんと考えてから返事してくれてるんだなってわかるから、適当に流して話す人よりずっと誠実だよ」

「――誠実……」

そんな言われ方はしたことがない。きゅっと胸が熱くなり、上手なのは湊介くんのほうだよ、と心の中で返す。

最初から湊介とはわりと普通に話せたのは、彼がうまく会話を進めてくれるからだ。

「……湊介くんて……」

呟きかけて、言い直す。

「湊介くんて、いい人で、優しいよね。いいところ見つけるのが上手で、前向きで……明るくて」

「わ、褒め返してくれるの？　ありがと。でも俺はべつにいい人じゃないよ」

マグカップを取り上げた湊介は、ちょっと苦笑するような表情を見せた。

「人のいいところ探すのも、前向きに考えようとするのも、俺にはそのほうが楽だからってだけ。優しいわけじゃなくて、けっこう利己的なの」

「……楽、なの？」

「そ。人によってはマイナスのこと考えて予防線張っておいたほうが楽って人もいるだろうし、どっちがいいとか悪いとかじゃないよね。規一郎さんは、最悪のこと考えて備えとくタイプだと思う。あの人、動揺しないよね」

「……あ。なんとなく、わかるかも」

たしかに、宮尾が動揺しているところは見たことがない。湊介は「でしょでしょ」と楽しげに目を輝かせた。

「子供の頃、規一郎さんの家に泊まりがけで遊びにいったことあってさ。はしゃぎすぎておじさんの熱帯魚の水槽をひっくり返しちゃったんだけど、俺は青ざめたのに、規一郎さんは平然としてんの。

まだ中学生だったのに、どうせやると思ってた、とか言ってさ。水槽は幸い割れなかったから、てきぱき魚を救出して、石とか水草とか綺麗に戻して、水もちゃんと使えるように処理して足して、床掃除して……俺も慌てて手伝って、終わったら言われたよ」

「な、なんて？」

「『選択肢は三つ。一、元どおりになってるから黙ってやりすごす。二、水換えておいたよと進んで手伝いをしたふりをする。三、ひっくり返したと正直に謝る。一の場合、父さんの性格からして黙っていても怒ったりしないだろう。二の場合はたぶん礼を言われる。でもおれのおすすめは三番だ。ミスを隠蔽《いんぺい》するとあとあと面倒くさい』」

「………宮尾さんぽい」

詰襟姿の中学生の宮尾を想像し、深晴はくすっと笑った。中学生の頃もあの涼しげな落ち着いた表情だったのだと思うとなんだか楽しい。

ぽいよね、と湊介も笑って、二人で視線をあわせて再び笑ってしまう。

もっと宮尾の話が聞きたくなり、よかったら教えて、と言おうとして、聞こえてきた物音にはっとした。玄関からだ。

「ただいま。楽しそうだね」

リビングに現れた宮尾を見ると、たちまち表情が強張った。おかえり、と朗らかに応じる湊介にあわせて、口の中で「おかえりなさい」と呟いて俯く。緊張してじっと見つめたテーブルの上に、宮尾は白い箱を置いた。

「早く上がれたから、ケーキ買ってきた。二人の歓迎会もしてなかったからね」

「それ、むしろ俺たちが買ってこないといけないやつじゃない？　お世話になります、ってさ。でもケーキ嬉しい、ありがと」

「湊介、甘いもの好きだもんな」

「コーヒー淹れるよ」

「いや、おれが淹れるよ。コーヒーはおれが淹れたほうがうまいからね。湊介は皿出して」

「はーい」

深晴は頭越しの気安い会話に身を縮めるしかない。宮尾はコートを脱いでくるとさっそくキッチンに立ち、湊介は鼻歌まじりに箱を開けた。

「深晴さん、ケーキ好き？　タルトとモンブランと、赤いケーキがあるけど」

「……湊介くんから選んでいいよ。僕は残ったので」

「潮北くんが先に選んでよ」

キッチンから宮尾が声をかけてきた。

「きみが一番お疲れみたいだから、甘いものにしたんだよ」

「す……すみません……」

湊介も気づいていたくらいだから、当然宮尾も察していたのだ。頭を下げると、宮尾は笑い声をたてた。

「そんなに恐縮しないで。よかったら、コーヒー運んでもらえるかな」

「あ、はい。やります」

深晴は急いでキッチンに入った。宮尾はカウンター下の食器棚からカップを出そうとしていて、深晴も腰をかがめる。

「僕が出します」

「よろしく」

宮尾は眼鏡越しに目で微笑みかけてくる。優しい表情を近距離でまともに見てしまい、深晴はうっと息を呑んだ。近すぎる。手伝わなければと思うが、そうするとキッチンではどうしても身体が近づいてしまう。

焦って立ち上がりかけ、カップを落としそうになって、すんでのところで掴み直した。ソーサーつきの真っ白なコーヒーカップは、見るからに高価そうだ。安物だとしても宮尾の私物を壊すわけにはいかない。

(お、落ち着いて……落ち着けば、落とさない……)

どぎまぎしながらカウンターの上に三つカップを並べて、音をたてているコーヒーメーカーを凝視する。深みのある苦い香りは宮尾によく似合う。

「潮北くんはカフェオレにするよね。牛乳、あっためる?」

「……だ、大丈夫、です。冷たいままで……ブラックで、飲めなくてごめんなさい。せっかく淹れてもらうのに」

「おれもいつもブラックなわけじゃないよ。コーヒーは嗜好品なんだから、好きな飲み方でいい」

　宮尾は穏やかに言ってくれた。抽出の終わったメーカーからサーバーを取り、丁寧にそそぎ分けていく。そのかたわら、彼の目が自分に向いているのがわかって、深晴はきつく拳を握った。

「潮北くん、運べる？」

「……はい。大丈夫です」

　いくら握っても手の震えがとまらない。落とさないようにしなきゃ、と深呼吸し、深晴は慎重にカップをひとつ手に取った。

　その横のカップを宮尾が取ろうとするのと、深晴が向きを変えようとしたのが重なる。手の甲に宮尾の肌が触れ、かあっ、と視界が赤くなった。

　しまった、と思ったときにはもう遅く、咄嗟に引いてしまった手の上で傾いだカップは、耳障りな音をたてて床に落ちた。派手にコーヒーが飛び散る。

　深晴は立ちすくんだが、宮尾は眉を寄せると深晴の腕を掴んだ。

「かからなかった？　火傷《やけど》してない？」

「……っ」

　ぎく、と身体が揺れる。強張った手からソーサーを取り上げられ、顔を覗き込まれそうになって、深晴は逃げるように膝をついた。

「すみませんっ……カップ割っちゃって……コーヒーも」

「素手で破片に触っちゃ駄目だ」

　制止されたのに破片を手に取った指先に、ぴっと痛みが走る。痛い、とは口にしなかったが、反射的にひっこめた動きで察したらしい宮尾は深晴の背中に手を当てた。

「立って、傷を見せて。細かい破片が入ると危ないから、洗い流そう。袖、まくるけど大丈夫？」

「……っ、すみま、せ……」

「大丈夫だよ。おれが運べばよかったのに、悪かった」

ぽんぽんと背中を叩いて促され、深晴は泣きたくなりながら立ち上がった。自分が心底情けない。気遣ってもらったのにうまく振る舞えず、余計な迷惑ばかりかけて、それでもなお動悸《どうき》がやまないなんて。

重ねて着たシャツとセーターの袖を、宮尾は肌が触れないように気をつけてまくってくれた。洗って、と促されて、遠慮するだけの余裕もなく小さな傷口を洗う。血を流したあとで傷をたしかめた宮尾は、湊介が持ってきた絆創膏《ばんそうこう》まで貼ってくれた。

「念のため明日までは貼っておいて。刺さった傷だから意外と深そうだ、また出血するといけない」

「……はい」

「床は俺がやっとくよ。規一郎さん、新聞使っちゃっていい？」

「ああ、そっちの脇にまとめてある中から使ってくれ。潮北くんは座ってて」

「はい……」

これ以上手間をかけさせそうで、手伝うことはできなかった。おとなしく椅子に座ると、手際よく片づけをすませた二人は改めてコーヒーをカップに入れてテーブルに並べた。深晴の分は牛乳も入っていて、申し訳なさで胸が痛くなる。

「すみません……割っちゃう、なんて。弁償します」

「いらないよ。かたちがあるものはいつか必ず壊れるんだから」

宮尾の返事はすばやかった。

「潮北くんは毎日風呂場を綺麗にしてくれているから、正直すごく助かってるんだ。カップひとつなんか目じゃないさ」

「でも」

「潮北くんの気持ちがおさまらないなら、一番風呂を譲ってくれればいいよ」

そんなんじゃ足りない。けれど、気にしないように配慮してくれている宮尾の気持ちを思うと、頷くしかなかった。

「ん。このケーキうまい。そういや劇団の稽古場の近くにもおいしそうな店があるから、今度土産《みやげ》に買ってくるね」

なにごともなかったように湊介が明るく言い、深晴は俯いて自分の皿を引き寄せた。洋梨がたっぷり載ったタルトだ。さっぱりした洋梨に、バターたっぷりのさくっとした生地。洋酒の香り。散りばめられたドライクランベリーの酸味。

おいしくて、さらに落ち込んだ。お世話になるというのに贈り物をする発想ひとつなかったし、疲れている友達がいたとしても、ケーキを買ってくるなんて思いつけない。だいたい、おいしいケーキ屋さんも知らないし。

湊介が劇団での稽古のことや近所で見かけた猫の話をするのを聞くともなく聞き、タルトを食べ終えると、それを待っていたように宮尾が立ち上がった。

「じゃあ、風呂、先に使わせてもらう」

テーブルの脇を通りすぎしな、彼の手が深晴の頭に乗った。くしゃっと撫でられ、どきりとするよりもぎょっとして顔を上げると、宮尾はもう一度撫でてくる。

「きみとおれは作家と担当という関係だけど、家にいるあいだはそのことを忘れていいんだよ。潮北くんのためにと思ってはじめた同居だけど、おれもちゃんと楽しんでるから、きみにももっとリラックスして楽しんでほしいんだ。同居ものの漫画の主人公になったつもりで、今の失敗だってネタに使えると思ってくれればいい」

「……は、はい」

呆然《ぼうぜん》としたまま半ば無意識に頷く深晴に笑いかけ、宮尾はバスルームに向かった。深晴は頭を押さえた。——撫でられた。

「規一郎さんて深晴さんにはめっちゃくちゃ優しいな。俺、ガキの頃でも頭なんて撫でられたことないのに」

興味深そうにバスルームのほうを見やる湊介の声も、ほとんど耳に入らなかった。徐々に耳が熱くなり、息が苦しくなってくる。撫でられた。宮尾に、頭を。

「……深晴さん？」

（どうしよう……撫でられた……）

「深晴さんてば。聞いてる？」

至近距離から声がして、はっと我に返った。湊介が立ち上がってテーブルに手をつき、深晴を心配そうに見つめていた。

「な、なに？」

しまった普通にしなきゃ、と思ったのに、耳も顔もどんどん熱くなる。湊介が眉をひそめた。

「大丈夫？　首まで真っ赤だよ」

「だっ……だ、いじょ、ぶ」

「全然大丈夫じゃなさそうだけど。熱出た？」

額に手を当てられ、深晴はきつく目を閉じてかぶりを振った。

「大丈夫……ほんとに、風邪、とかじゃ、ないから」

「震えてるじゃん。頭押さえたまんまだし……ねえ、違ったら謝るけど」

あたりをはばかるように小声になった湊介がなにを言いたいのか、どうしてかこのときばかりは察しがついて、深晴は再び首を横に振った。

「ち、違う」

「深晴さんて、規一郎さんのこと好き？」

「――ちが……、」

誰がどう見ても、今の自分の否定を本当だとは思わないだろうとわかっていた。これじゃ「好きです」と打ち明けているのと一緒だ。まだ四日目なのに。

深晴は声を絞り出した。

「言わない、で」

「規一郎さんに？　俺が？　……それは、俺は当事者じゃないから、言わないけど」

湊介は困惑している様子だった。しばし逡巡《しゅんじゅん》した彼は深晴の横に移動してきて、テーブルに腕を乗せた。

「深晴さんは、言わないの？」

「……言えないよ」

「なんで？　規一郎さん、深晴さんのこと気に入ってるから、いい線いけると思う。これは単に俺の勘だけど、あの人男だから駄目ってわけじゃなさそうだし、告白してみればいいのに」

そういう問題ではない。深晴は再び首を左右に振った。

「できないよ」

「なんで？」

「……見てるだけでいいんだ」

ちくんと喉の奥が痛んだ。寂しいなあと思う。

恋がしたい、両思いになってみたい、という欲はあるのに宮尾のことを見ているだけなのは、知っているからだ。自分の気持ちが、決して宮尾には受け入れられないことを。

想いがばれないよう、伝わらないように精いっぱい自制しているつもりだけれど、彼相手に挙動不審になってしまうことはしょっちゅうだ。それに宮尾が気づかないはずがない。宮尾も深晴も男で、同性間の恋愛感情はマイノリティーだとしても、宮尾なら思い至っても不思議ではない。

なのに、七年にわたるつきあいの中で、個人的な親しさを示されたことは一度もなかった。湊介が現れるまでは、まるでなにもないかのように、気づいていない素振りで流されてきたのだ。

自分でもときどき嫌気がさしてしまうような至らない人間が、宮尾に好かれるわけがない。宮尾の態度は当然で、だから、見ているだけでよかった。

「失恋が怖いなら、俺が手伝ってあげてもいいけど」

「やめて！」

ぱっと振り返ると、湊介は心配そうに顔をしかめた。

「言わないで終わりにして、それで深晴さんは後悔しないの？」

「――」

「もしなにかの理由で――たとえば規一郎さんが来週事故で死んじゃったりしたら、伝えておけばよかった、って後悔しない？」

「縁起でもないこと言わないで」

「俺は、伝えたほうがいいと思うな。やっちゃって後悔することだってあるけど、やらないで後悔するほうが、ずっとあとまで引きずるよね。言いたいことを黙ってて、言えない状況になってから後悔したって遅いんだ。飯食ってまたなって別れたら、二度と会えないかもしれないんだから」

そんな極論を言われたって困る。言えないものは言えない。

そう思ったのに、なにかが引っかかって、深晴は湊介を見た。

湊介は怖いくらい真剣な顔だった。まるで彼自身が、誰かに告白しそこねたまま、二度と会えない相手がいるみたいな悲しい表情に、深晴は目を伏せた。

「……湊介くんが言ってることも、もっともだと思うけど」

「じゃあ」

「でも、言えないよ。……言わないのは、宮尾さんが僕のことを好きなんかじゃないって、知ってるから」

「――」

「だから、もうちょっとだけ、見ていたいだけなんだ。……ごめんね」

「……そっか」

じゃあ仕方ないね、と呟く声は残念そうだった。席を立ってテーブルの上を片づける湊介に、深晴も黙って皿を運んだ。洗って片づけ、風呂から上がってきた宮尾と入れ違いにバスルームに入ると、知らず、長いため息が漏れる。

「告白なんて、意味ないよ」

だから宮尾と一緒に暮らすなんていやだったのだ。気づかされてしまうから。

本当はとうに失恋しているのだと――最初から叶《かな》わない恋なのだと、夢を覚まされてしまうから。

夢から覚めたら恋は終わる。覚めないままなら浮かれて眺めているあいだだけでも、寂しくなかったのに。

皮肉なもので、恋は終わったのだ、と受け入れたほうが、宮尾と話すのは苦痛ではなかった。翌朝は思いがけないほど落ち着いて挨拶《あいさつ》がかわせたし、土曜日だが出勤するという彼と一緒に駅に向かっても、挙動不審にはならなかった。

寂しさだけは如何《いかん》ともしがたいが、これなら明日からは、本来の目的どおりに湊介の観察に集中できるかも、と思いつつ午後三時までのシフトを終えると、スマートフォンには湊介からのメッセージが届いていた。

「晩飯一緒に作りたいから、予定がなかったら寄り道しないで帰ってきて、か。……わかったよ、と」

控え室で小さく呟いて返信し、指示どおりにまっすぐ帰宅すると、湊介はエプロンを手渡してきた。

「急ごう。炊くのも煮込みも時間かかるし、規一郎さん今日は遅くならないって言ってたからさ」

「時間がかかるメニューなの？」

「昨日、深晴さんのこと傷つけちゃったから、そのお詫《わ》び」

照れたように微笑みかけられ、深晴は首を傾げながらもエプロンをつけた。お詫びに一緒に料理を作る、というのは斬新なアイディアな気がする。普通は好きなメニューを作ってくれるんじゃないかなと思ったが、いそいそと魚介類を取り出す湊介を見ると、疑問はどうでもよくなった。

（湊介くんて、いつも楽しそう）

もし家族と喧嘩《けんか》したりしたら、深晴なら気まずくて、昨日の今日でとてもこんなふうには振る舞えない。もっとも深晴は家族と喧嘩した経験はない。喧嘩できるほどの関係ではないからだ。

湊介に言われるまま、まずはスープを作った。たっぷりの豆と玉ねぎをかるく炒《いた》め、ことことと煮込むあいだに魚介の下準備をする。平らで大きなフライパンを使って野菜と魚介類を炒めたら、生米を加え、サフランと出汁を入れた水をそそいで蓋《ふた》をした。最後にグリーンサラダを作っているところで、宮尾が帰ってきた。

「あれ、この匂いもしかして」

「わかっちゃった？　規一郎さんの好きなパエリアだよ。あと豆のスープ」

「やっぱり。嬉しいな、久しぶりだ」

珍しく本気で嬉しそうな顔をして、宮尾がいったん自室に戻っていく。深晴はいい具合に煮込まれたスープ鍋と湊介を見比べた。

「……宮尾さんの、好きな料理？」

「うん。深晴さんが作ったって言うから、食べ終わったら告白しなよ」

「…………だから、それは昨日、言わないって！」

さあっと身体が熱くなる。湊介は鍋をかき混ぜながら視線だけよこした。

「俺思うんだけどさ。規一郎さんて、わりと鋭いでしょ。具体的に聞いたことがあるわけじゃないけど、もてるみたいだし」

「……だ、だからなに？」

「俺が気づくくらいだから、規一郎さんも気づいてるんじゃないかな。深晴さんの気持ち」

びっ、と切られたような痛みが胸に走った。自覚していたことでも、人から言われると重みが違う。

「深晴さん、スープ皿出してくれる？　気づいてるって、悪いことじゃないと思うからそんな顔しないでよ」

「……でも」

「気づいてるのに邪険にしないってことは、それくらい気に入ってるってことじゃない？」

カウンターの下にかがんだ深晴の横に、湊介もしゃがんでくる。

「昨日の夜さりげなーく探り入れてみたけど、あの様子だと絶対、深晴さんのこと好きだよ」

「……っそ、そんなの、なんで言いきれるの？」

囁《ささや》かれた耳が熱かった。もうやめてほしい。深晴はぎゅっと拳を握って、横目で湊介を睨《にら》んだ。

「気づいてて、わざとはぐらかしてるかもしれないでしょう。僕が仕事相手だから、仕方なく」

「でも、規一郎さんて深晴さんのこと触るじゃん。さりげなく肩とか背中とか、昨日なんか頭まで撫でたし」

「そ……それを言うなら湊介くんのほうが、触る、と思う」

「俺はスキンシップが好きなの。でも規一郎さんは、好意のない相手を触る人じゃないよ」

きっぱり言いきられると、たしかに……と納得しそうになった。けれど、言われるほど触られている気はしないし、ボディタッチが必ずしも恋愛感情をともなう、というわけでもないはずだ。

「まだ反論したそうだね深晴さん。でも大丈夫、俺、ちょっと揺さぶりもかけておいたから」

「揺さぶり……？」

「規一郎さんて、最悪の事態考えてリスク回避するじゃない？　でもそういうの、恋愛においてはずるいよなと思って。深晴さんとのことも、ほんとは傷つくのが怖いだけじゃないのって言ったら規一郎さん、珍しくはっとした顔してたよ」

得意そうに言った湊介は、内緒話をするようにさらに顔を近づけた。

「きっといつもと様子が違うはずだから、それを確認してから告白すれば、怖くないいんじゃない？」

ね、とウインクされ、言葉につまった。説得力があるような気がしないでもないが、湊介の予想は希望的すぎる。

（でも、もし、湊介くんの言うとおりだったら……）

黙っていると、湊介は横から額をつついてきた。

「魔法かけてあげたでしょ。大好きな人と結ばれる魔法」

「……あ、あれは」

「大丈夫だってば」

まさか本当に魔法使いなわけはないのに、湊介は自信があるようだった。それでも深晴は「言えない」と抵抗するつもりだったが、宮尾が戻ってきて湊介は立ち上がってしまった。

手際よく配膳する湊介に急《せ》かされて、深晴もパエリアパンをテーブルに運んだ。いつもの定位置に三人でつくと、宮尾が率先して取り分けてくれた。

「潮北くん、もっと食べられそうならおかわりしてね。って、おれがすすめるのも変だけど」

「……は、はい。ありがとうございます」

微笑みかけられるとさっきの湊介の言葉が蘇《よみがえ》り、心臓がどきどきした。宮尾の様子は普段どおりだと思うのに――湊介の言うことを鵜呑《うの》みにする気もないのに、どことなく雰囲気が違うように感じられるのは、気のせいだろうか。

七年も脈なしで、叶わない恋だと噛みしめたのはつい昨日のことなのに、もしかしたら、と考えてしまう。万が一にでも、ほんの少しでも――好意を持たれているのなら、どうしたらいいんだろう。

緊張と戸惑いで汗さえ浮かんできた深晴の斜め向かいで、宮尾はさっそくスープに手をつけた。

「すごくうまいよ。スペインに遊びにいったとき食べたのと同じ味だ」

「パエリアも食べてよ規一郎さん。レシピ教えたのは俺だけど、全部深晴さんが作ってくれたんだ」

「潮北くんが？」

「いっ……いえ、そんな、全部じゃなくて……湊介くんから教わったんですし……」

「教わってすぐこんなにおいしく作れるなんてすごいじゃないか。パエリアもいい味だね」

眼鏡の奥の目がまともに深晴を捉えて、ひゅっと喉が鳴った。ただ優しいのとも違う、嬉しそうな笑みがいっそ怖かった。

（ほんとに、なんだかいつもと違うような……い、いやいや、湊介くんに言われたせいでそんな気がするだけかもしれないし）

せっかくの本格的なスペイン料理を味わう余裕もない。湊介は元気よく平らげていきながら、意味深な目つきで深晴を一瞥《いちべつ》した。

「めちゃくちゃおいしくできてるよね。やっぱり、愛情は最高のスパイスなんじゃない？」

「湊介くん！」

思わず立ち上がってしまうと、湊介はにんまりした。

「やだなあそんなに照れなくても。昨日のこと、どうしてもお詫びしたいっていう深晴さんの気持ちがこもってるって意味じゃん」

「そ……」

そんなふうには聞こえなかったんですけど！　と即座に言い返せる質《たち》だったらどんなによかったか。

ぷるぷる震えて黙って座ると、宮尾が咎《とが》めるような視線を湊介に向けた。

「湊介、そうやってからかうような口のきき方をするのはよくないぞ。潮北くんはおまえと違って繊細なんだ。——ごめんね潮北くん。気にしないで」

「いえ……僕こそ、すみません」

「でも本当に、湊介が作ったのより、湊介のお母さんが作ったのよりおいしいよ」

「——！」

にっこりと音がしそうなほどの笑顔を向けられて、息がとまりそうになった。

「湊介のお母さんは料理上手でね。サラダのバルサミコ酢のドレッシングも彼女のオリジナルなんだよ。ヴァレリアーノ家のレシピはどれもおいしいから、潮北くんもいっぱい食べて」

サラダを口にする表情も満足そうだ。深晴は頷くのが精いっぱいで、いたたまれなさに俯いた。

そんなはずはないのに、宮尾の様子がいつもと違う——気がしてしまう。

と、かたんと音がした。

「潮北くん、大丈夫？」

宮尾の声が近い、と気づいてはっと横を向くと、彼はなぜか深晴の隣の椅子に腰かけるところだった。目を見ひらいた深晴の背中に、励ますように手を添える。

「コーヒーカップのことはほんとに気にしなくていいんだけど……どうしてもって言うなら、次の休みにでもおれと一緒に買いにいこうか」

「みっ……宮尾さんと、一緒、に？」

みっともなく声が裏返って、深晴はかあっと赤くなった。

「そんな……僕、……い、いえ買うのがいやなんじゃないですけど、お店教えてもらえたら……ひっ、ひとりで」

「あれ、おれとプライベートで外出するのはいや？」

「……っ、ひ、……ッ」

背中を手のひらがすべり下り、悲鳴が零《こぼ》れて、深晴は湊介を見やった。得意げに唇の両端を上げた彼は、「ほらね」とでも言うようにウインクをする。

「一緒に行ってきなよ。規一郎さんが一緒なら探す手間だって省けるし、帰りにうっかり割っちゃう心配もないし。規一郎さんも働きづめだから、たまには気分転換にいいんじゃない？」

「どう、潮北くん。つきあってくれる？」

駄目押しのように宮尾が顔を近づけてきて、全身が熱くなった。たぶん顔は赤いどころじゃないだろう。頭に血が上りすぎて、視界がちかちかする。返事もできず、はくはくと口だけ開け閉めすると、宮尾はふっと微笑んだ。

「そんなに照れられると、おれまで照れくさいな」

「ふーん。規一郎さんでも照れるんだ?」

「湊介、おまえはおれをなんだと思ってるんだ。照れることくらいあるさ。——こんなに」

背中に添えられていた手が移動して、深晴の頬を捉える。包み込むような触れ方だった。

「こんなに好かれたことなんて、ないからね」

「——!」

甘い手つきに、心臓が爆発した気がした。頭が真っ白で、ただ見つめ返すと、宮尾はそっと頬を撫でた。

「違う? おれに好意を……特別な気持ちを、持ってくれてると感じてたのは、おれの自惚れかな」

自惚れだなんてそんな。でもどうして。たしかにずっと前から気づかれていたかもしれないけれど、だったらどうして今まではなにも言ってくれなかったのか。

声は出なかったのに、宮尾は気持ちを汲《く》み取ったように、優しく目を細めた。

「ずっとそうだったらいいな、とは思ってたんだ。でも同居をはじめてから、潮北くんがあまりにも可愛いから」

「……っ、か、」

「うん。可愛いよ。仕事している相手だからって自制してたんだけど——それも限界になるくらい、可愛い。正式に、つきあってもらえないかな」

つきあって、なんて、宮尾から言われる日が来るとは。

衝撃が度を超して、目眩と一緒に身体がぐらぐらした。

こんなことありえない。なにか理由があって宮尾が嘘をついていると言われたほうがまだ納得できる。なのに、何度も頰を撫でられると、信じられません、とは言えなかった。

だってきっと、こんな幸運は一生に一回だ。

「おれと恋人になってくれるなら、初デートは割れたカップの替えを買いにいくなんて味気ないものにはしたくないな。来週なら校了明けだから、日曜日、あけておいてくれる？」

「……にち、ようび」

ふわふわした声で鸚鵡返《おうむがえ》しにして、深晴はそれから泣きそうになって頷いた。いやですとか、できませんなんて言えない。まだ全然信じられないけれど、宮尾から言われたことならなんだってしたい。

「ぼ、僕で、よかったら……お、おつきあい、お願いします」

「もちろん、きみがいいんだよ。――よかった」

宮尾は本当にほっとしたような表情を見せ、深晴の頭を撫でてくれた。

「食事に戻ろうか。潮北くん、ほとんど食べてないよ」

「……はい。た、食べます」

とても喉を通りそうにないけれど、スプーンを取った。ぎこちなくスープを掬って口に運ぶと、向かいの湊介が不満そうに顔をしかめた。

「両思いになれたのは祝福したいんだけどさ。なーんか、俺の思ってたのと違うんだけど」

ひやっとして、熱に浮かされたようだった意識が少しだけ冷静になった。宮尾は深晴の隣に座ったまま、落ち着きはらった声で聞く。

「違うって、なにが？」

「だってさ、規一郎さん、仕事相手はNGだって思って、今まで自制してたんでしょ。そりゃ、同居がきっかけになったのはわかるけど……それくらいで規一郎さんが自分で決めたルールを破るのって、ちょっと違和感ある。告白の仕方が規一郎さんぽくないっていうか」

じっと宮尾を見据える湊介の表情は険しく、深晴は困って二人を見比べた。湊介の言うことももっともだ。こんな夢みたいな展開、起こるほうが不思議なのだ。それこそ、魔法をかけられたのでもなければありえないはずだった。

宮尾は深晴の頭に手を置いた。そのまま、そっと引き寄せられる。

「違和感あるって言われても仕方ないけど、湊介が言ったんだぞ。潮北くんの気持ちに気づいてるなら、逃げないでちゃんと向きあえ、気づかないふりをするなんて臆病者だって」

「――臆病とまでは言ってないじゃん。怖いんじゃないのって聞いただけで」

湊介はわずかに頬を染めてふくれた。深晴は声が出せなかった。頭を抱き寄せられたせいで、宮尾の体温がひどく近い。

「怖いんだろうとまで言われたら、おれにだって矜持《きょうじ》があるからね。本気で向きあうと決めた以上、今までとは態度くらい変わるよ。潮北くんのことは、描く漫画も含めて好きだから、思いきり優しくしたい」

髪を梳《す》く指先の動きは言葉よりも甘くて、くらくらする。

(――夢、みたい……宮尾さんが好きって言ってくれるなんて)

湊介は疑り深い眼差しで深晴と宮尾を眺め回したあと、仕方なさそうにため息をついた。

「ま、両思いなのはたしかみたいだし、二人がいいなら俺はいいんだけどさ」

「湊介にも気を遣わせて悪いな。――潮北くんのことは、これからも大事な友人として、相談にのったり、見守ってくれると嬉しい」

「うっわ、さっそく彼氏全開な発言だね。規一郎さんて、独占欲強いほうだったんだ？」

「知らなかっただろ？」

余裕たっぷりな宮尾の返事がくすぐったい。全然現実感はないのに、湊介と宮尾のあいだでは、深晴が宮尾の恋人だとすっかり確定したようだった。

嬉しすぎて飽和したみたい、とぼうっとしていると、宮尾が振り向いた。

「来週の日曜、デート、楽しみだね」

湊介並みに王子様っぽい、完璧な笑顔を見せられて、ほとんど無意識に頷いてしまってから――深晴はふっと不安になった。

デートはしたことがない。どう考えたって当日は、なにか失敗してしまうに決まっている。入った店でグラスを割るとか、迷子になるとか、全然喋れなくて気まずい空気になるとか。

(デートしたら……一日で嫌われそう)

あんなに熱かったのが嘘のように、足元から冷たくなってくる。来週の日曜日の夜、この部屋に戻ってきてため息をつく宮尾が目に浮かぶようだ。「潮北くんて、思ってた以上にどんくさいね。なにを話しかけてもまともに返ってこないし。打ち合わせのときはまだなんとかなってるのに——きみと恋人としてうまくやっていける気がしないな」嘆息まじりにそう言われたら、もう終わりでいいです、と言ってしまいそうだ。だって、好きでいるほうが迷惑だろうから。

なら今断ったほうが、という考えと、でもせっかく好きって言ってくれたのに、という気持ちがせめぎあう。わざわざデートにまで誘ってくれたのだ。その優しさを無下にするなんてばちが当たる。

だったら、と深晴は湊介を盗み見た。宮尾と会話しながら残ったパエリアを食べている彼なら、たぶん深晴の頼みを断らずに協力してくれるだろう。

いつもなら、そんな頼みごとを他人にするのは気がひけて絶対にしないが——今回だけは別だ。

結局ろくに味わえないまま食事を終えて、作ったのは自分たちだからと湊介と二人でキッチンに入る。宮尾は「じゃあ仕事を片づけてくるよ」と自室に消えて、ちょうどよかったとほっとしながら、深晴は湊介の袖を引いた。

「あの……悪いけど、お願いが、あって」

「お願い？　俺にできることならもちろん、なんでもいいよ」

「その……デート、なんだけど」

怪訝《けげん》そうな顔ながらも気安く頷いてくれた湊介に、深晴は意を決して言った。

「一緒に行ってくれない？」

「……ええっ？　デートに!?」

やたら驚いた湊介は、深晴が頷くとしかめっつらになった。

「それは駄目でしょ。だってデートだよ。俺がついていったらデートにならない」

「でも、無理だよ宮尾さんと二人なんて」

たしかに変かもしれないが、ほかに選択肢がないのだ。深晴は珍しく食い下がった。

「二人きりで話すなんて無理だし、どこに行くかもよくわからないし、たぶん絶対失敗するし！」

「打ち合わせが無理って、いつも打ち合わせしてるんじゃないの？」

「打ち合わせは仕事だもん、デートは……だ、だれとも、したことない」

「初めてのデートなら、無理しないで素直に緊張してれば、規一郎さんがフォローしてくれるって」

「む、無理」

お願い、と袖を握りしめると湊介は黙り込んだ。考えることしばし、名案を思いついたみたいにぱっと顔を輝かせる。

「それなら、練習しない？」

「……え？」

「要は初めてだから怖いんでしょ。デートの邪魔はできないけど、練習ならつきあってあげられるからさ。明日、俺と一緒に出かけようよ」


結局、と思いながら、深晴は隣に立つ湊介を見上げた。

（結局、連れられて出てきちゃった……）

日曜日の午前中、まだ少し早い時間だからか、都心に向かう電車はさほど混んでいない。キャップを深めに被っただけの湊介はそれなりに目立っていたが、深晴が心配したほどではなかった。スタイルのよさは隠しようがなくても、ありふれた地味な格好なので目を引かないようだ。

視線に気づいた湊介が「なに？」と首を傾げる。

「……よかったの？　僕となんか、出かけて」

「だって深晴さん不安なんでしょ。告白けしかけたのはこっちだし、俺も明日から撮影開始で、しばらく息抜きは難しそうだから。それに最初から俺、言ってたでしょ。深晴さんと出かけたいって」

「……でも、僕が慣れてる場所に出かけても、湊介くんにはつまんないだろうし、デートの練習にもならないよね」

（それに湊介くんと練習してうまくいっても、宮尾さんとうまくできるってことじゃない……）

二人が目指しているのは都心の書店だった。出かける前、「まずは深晴さんが行き慣れてるところにしようか」と湊介が言ったのだ。深晴に代替案があるわけもなく、言われるがままに来たものの、やっぱりこれでは駄目なような気がする。

湊介は深晴の顔を見ると、にっと笑って身をかがめた。

「信じてよ。デートの極意をばっちり教えてあげるから、深晴さんも失敗知らずだよ」

「……そう？」

湊介は自信がありそうだった。深晴は半信半疑のまま湊介と一緒に大型書店に向かい、よく行く写真集のフロアまで上った。興味がない人には退屈かもしれないと思ったのだが、湊介は珍しそうに書棚を見回した。

「へえ、綺麗なもんだね。やっぱり絵を描く仕事だと、こういうの資料にしたりするんだ？」

「――うん。資料にも使うけど……僕は単に好きっていうのも、あるかな。勉強にもなるし」

「勉強か。真面目だよね深晴さん。電子書籍の漫画もめちゃくちゃ読んでるもんね」

「あれも半分は、好きで読んでるだけだよ」

感心してくれる湊介に照れて笑い返し、棚に手を伸ばした。抜き取ったのは廃屋になったビルばかりを写した写真集だ。ぱらぱらと寂しい雰囲気の写真を眺めていると、湊介も覗き込んでくる。

「へえ、かっこいい。コントラストがはっきりしてて、なんか空気感があって、静かな感じ」

「あ……たしかに、そうだね。静かなんだ……」

感じていた寂しい気配は、湊介の言うとおり静かさにも通じる。深晴の好みにはよくあっている写真集だが、同じ系統のものはもう持っているので棚に戻し、なにかいいものはないか、と視線を移す。

「あ！　これ、新しいやつだ」

「好きな写真家？」

「うん……俳優さんもしてて、写真も撮ってる人で、いっつも紫色が綺麗なんだ。今回のもやっぱりすごく素敵《すてき》」

砂漠の稜線《りょうせん》が美しい夜明けの写真にため息が出る。新作何年ぶりだろう、と呟くと、隣で湊介が感心した声を出した。

「さすが深晴さん、詳しいね。新刊追いかけてるんだ」

「うん、好きだから……あ」

横に目を向けると、湊介も一冊手にしている。そちらは真っ暗な空にひと掴み宝石をばらまいたような、星空の表紙が印象的だ。

「その写真集も初めて見る。綺麗だね」

夜の空は魔法使いに会ったあの夜から深晴にとっては特別で、今でも好きだ。たまにアパートのベランダからひとりで見上げることがある。本をひらいた湊介は深晴の顔を一瞥してくすっと笑った。

「星空、好きなんだ？」

「うん。すごく」

「即答だね。——俺も、空は好きだなあ。どっちかっていうと、青空が好きだけど」

「それなら、昼間の空の写真集も、いろいろ出版されてると思うよ。ほら、こっちの棚あたりとか」

「深晴さんのおすすめがあるなら見たいけど、どうせならさ」

いたずらっぽい目が深晴を見つめ、ぱちん、とウインクした。

「本物、見にいこうよ」

「本物……？」

「せっかく天気いいんだもん。深晴さんの好きなもの教えてもらったから、俺もお返しに教えてあげる」

もちろん深晴さんが好きなだけ写真集見たあとでいいよ、と微笑まれ、深晴は湊介を見上げてまばたいた。

「——僕、好きなもの教えた？」

「教えてくれたでしょ、その俳優兼写真家の人とか、星空とか」

「そ、そうだけど」

「この写真集、プレゼントするからあとで俺と一緒に見よ。一緒に見るのもデートの練習になるし」

湊介は深晴の手から写真集を取る。あとで、と深晴は繰り返し、湊介と写真集を見比べた。

「……写真集、一緒に見るのが練習なの？」

「そ。たとえば……」

湊介は写真集をめくる。じっと見入ったかと思うと、「ほら」と深晴にも見せてくれた。

「これ、ここの木のシルエットうさぎみたいじゃない？」

「……あ！　ほんとだ。うさぎに見えるね」

写真はうす紫の空を背景にいろいろなものがシルエットになっていて、湊介が指さしたところはたしかにうさぎのようにも見えた。

「後ろの小さい茂みは子うさぎみたい」

ちょっと嬉しくなって湊介を振り仰ぐと、湊介は一瞬目を丸くし、それからあははと笑った。

「深晴さんて五つも年上なのに、ときどきすんげー可愛いよね」

「そ……それ、馬鹿にしてない？」

そんなに笑うことないのに、と唇を曲げると、湊介は「ごめんごめん」と謝って写真集を閉じた。

「でもこういう話って、二人でいないとできないでしょ。深晴さんが子供っぽいとこあるのとか、好きな写真集見つけたときは嬉しそうな顔するのも、一緒にいなきゃわかんないんだから」

「……みっともないところがばれてるだけな気がするんですけど」

「そんなことないよ。俺が楽しい気持ちになってるんだから、いい時間が過ごせてるってことじゃん」

深晴の拗ねた言葉をさらりとかわし、湊介は帽子のつばをかるく上げて笑いかけた。

「デートっていうのは結局、一緒にいて楽しい時間を共有するっていうことだから、場所とかやることはあんまり関係ないんだよ。二人とも楽しいのが一番大事だから、深晴さんも楽しむ気持ちで出かければ、規一郎さんとだって絶対大丈夫」

「……楽しむ……」

「俺と一緒に本屋さん、全然楽しくない？」

「それは……うん。楽しい、と思うよ」

なんだか丸め込まれている気もするけれど、たしかにひとりで来るのとは全然違っていた。ひとりのときだって十分に楽しいのだけれど、湊介と一緒だと、楽しさの種類が違う。

（なんだろう、この感じ……）

くすぐったくてふわふわする感覚は、初めてな気がするのに懐かしい。前にもこんな気持ちになったことがあっただろうか。

深晴の表情を見た湊介は、くすっと笑って踵《きびす》を返した。

「じゃ、買ってくるね」

「あっ……待っ、」

呼びとめるのもまにあわず、湊介は本当に写真集を買ってくれた。

それから再び電車に乗り、普段は使わない路線の初めての駅で降りると、湊介は迷わずに広い河川敷の公園に向かった。

「駅前はだいぶ変わってたけど、ここはあんまり変わらないな」

「――湊介くん、ここに来たことあるの？」

「昔、子供の頃ね。親が離婚する前は、この近くに住んでたんだ」

対岸では草野球の試合が行われていて、ボールを打つバットの音や賑やかな歓声が風に乗って届く。

湊介はよく乾いた芝生の上に仰向けに寝転がると、隣を叩いた。

「深晴さんも寝てみてよ。深晴さんなら、きっと聞こえるんじゃないかな」

「聞こえるって？」

外で寝転がるなんて子供の頃以来だ。そろそろと仰向《あおむ》けになると、湊介がこちらを向いた。

「空の音」

「……空の音？」

「実は俺もよくわかんないんだけど――弟が、空が好きでさ。よく寝転んだり、ベランダから身を乗り出したりして空を見てたんだ。俺がなんで空ばっか見てんの、って聞いたら、空を見ると音が聞こえる、空の音はどこにいても聞こえるからひとりでいるときも寂しくないし、落ち着けるって教えてくれたんだよ」

音楽なんだって、とかすかに微笑んだ顔は寂しそうだった。空に視線を戻した湊介につられて、深晴も真上を見上げた。冬らしく優しい色の広々とした青空に、薄く小さな雲が少しだけ散らばっている。耳を澄ませても音楽と呼べるような音は聞こえてこず、ただ吸い込まれそうに綺麗だった。

「聞こえない……けど、聞いてみたいなあ」

「深晴さんでも駄目か。やっぱ律多《りった》にしか聞こえないのかな」

「りつたくんっていうの？」

「うん。弟って言っても双子で、顔はそっくりだけど——性格も考え方も、全然違ってて。きっと深晴さんと仲よくなれたと思う」

「……嬉しいけど、あんまり自信ないなあ。ちっちゃい頃は、空、あんまり好きじゃなかったし」

「そうなの？　星空好きなのに？」

ざわめきに混じってすぐ近くから聞こえる湊介の声は、すっかり聞き慣れてまろやかだ。深晴は手を真上に伸ばした。

「なんだか向こう側に落っこちそうで怖かったんだ。でも星空は、魔法使いが見せてくれて、好きになったんだよ」

「魔法使い？」

「小学生の頃、山の中で迷子になったことがあって。そのとき助けてくれた人が魔法使いだったんだ。——誰に言っても信じてもらえなかったけど、あの人が星空を見せてくれて、僕と一晩中一緒にいてくれて、魔法をかけてくれたから、今でも生きてるんだと思ってる。彼が幻でも、魔法なんて嘘でも、僕にとってはやっぱり魔法使いだったんだ」

おかしいかもしれないけど、と深晴は笑ってみせたが、湊介は笑わなかった。

「じゃあもともと、魔法使いの話は、その人がモデルなんだね」

「……ううん。パーティのときトイレで言ってたのは、また会えたらいいなあって、独り言だから。迷子になったときも、怖くてひとりで声を出してたら、魔法使いが気がついて来てくれたんだよ。——まあ、ほんとのほんとは、親に言われたみたいに、夢を見ただけかもしれないんだけどね」

自嘲して枯れた芝生に手を落とすと、上からあたたかい手のひらが重なった。

「きっと夢じゃないよ」

どきん、と心臓が跳ねたのに、湊介の手を振り払いたいとは思わなかった。声ほど慣れていないぬくもりは、けれどたしかに優しくて、深晴に寄り添ってくれるあたたかさだった。

夢じゃないよ、と言ったきり、湊介は黙っていた。深晴も黙って空だけを見る。耳を澄ませても空の音は聞こえなかったが、かわりにはるか上空を飛んでいるのだろう、飛行機の音がかすかに聞こえた。対岸では大きな歓声が沸いている。

二人とも無言なのに、居心地は悪くなかった。並んで寝転んで、手を重ねて空を見て、黙っていても平気だなんて不思議だ。眠くなりそうな日差しに目を閉じる。周囲のざわめきも、徐々に大きくなる飛行機の音までも心地よい。

このまま寝ちゃいそう、とぼんやりしていると、ふいに重なった手に力がこもった。

「……やばい」

「どうしたの？」

起き上がった湊介は焦った表情だった。

「油断してた。ちょっと、避難。どっか建物ないかな。喫茶店とか」

「喫茶店……来る途中に、あったっけ？　駅の近くにはあったと思うけど」

「駅までは、もたない」

湊介の顔色がひどく悪いのに気づいて、深晴も慌てて立ち上がり、ふらつき気味の湊介の腕を摑んだ。どこか座って休めるところは、と見渡して、芝生の広場の端にある東屋《あずまや》が目に入る。

「大丈夫？　具合悪そうだから、あそこでよければ少し休む？」

「……ん。屋根があるだけマシかも」

頷いたものの、湊介の顔色はどんどん悪くなっていく。ほとんど蒼白《そうはく》になって東屋に駆け込むと、崩れ落ちるようにベンチに腰を下ろしてしまった。頭を両手で抱えるポーズに、深晴はおろおろした。

「湊介くん、大丈夫？　の、飲み物とかいる？」

「……ごめん。いらない。具合悪いわけじゃなくて、……が、」

「え？　なに？」

屋根の下の日陰はひんやりと冷たい。上空では飛行機が近づいてきているのか、ごうごうと独特の音がしていた。元気よく吠《ほ》える犬の声も、土手の上を通る自転車のブレーキの音も、飛行機の音にかき消されそうだ。深晴は湊介の声を聞こうと身をかがめた。

「聞こえなかったから、もう一度教えて？」

「――音、が」

「音？」

「飛行機」

呻《うめ》くように湊介が絞り出す。飛行機？　と繰り返し、深晴は東屋の天井を見上げた。たしかに大きな音だが、どう関係するのかよくわからない。

飛行機の音がどうかしたの、とさらに尋ねようとして、深晴はようやく、湊介が両耳を押さえているのに気づいた。

「そっか、音……苦手なんだ？」

湊介からの返事はなかったが、聞こえなかったのかもしれない。頭を摑むようにして耳を押さえている湊介の指は、込められた力のせいで白くなっていた。伏せられた顔は見えないが、明らかに普通の状態ではない。ただ苦手なのではなく、まるで怯《おび》えているよう――音で全身に苦痛をもたらされているように見えて、深晴まで冷や汗が浮かんでくる。

どうしよう、と再度あたりを見回しても、助けになりそうなものは見つからない。ほかにできることもなく、深晴は湊介の手の上に自分の手を重ねた。さっきとは逆だが、すっかり冷たくなった湊介と同じくらい、深晴の手も緊張で冷たい。

（でも、ちょっとでも……音を消してあげられたら）

耳を覆うようにぎゅっと押さえてもまだ足りない気がして、湊介の頭の上に覆い被さるように前かがみになった。

飛行機は真上を通りすぎたらしく、少しずつ遠ざかりつつある。普段は意識しない音だし、どちらかといえば機械類の稼働する音は好きなのだが、今日ばかりは早く過ぎてくれと祈るしかなかった。

だって、つらそうな湊介は見ていられない。

抱きしめるようにして身体を強張らせていると、眼裏《まなうら》に青空を飛ぶ飛行機が浮かんだ。尾翼を煌《きら》めかせて去っていく、後ろからの眺め。白い機体は実際に聞こえる音にあわせて小さくなり、やがて、腕の中で湊介が身じろいだ。

「湊介くん！　大丈夫？」

「……うん。もう平気だと思う。ごめんね変なとこ見せて。そういやこのへん、多いの忘れてた」

深いため息をつく湊介の顔色は、まだ普段どおりとはいえなかった。それでも唇は笑みのかたちになっていて、深晴はちょっと悲しくなった。

「具合悪いのに謝ったりしないで。救急車とか呼ばなくていいの？」

遠ざかったとはいえ、飛行機の音はまだ聞こえてくる。両手で湊介の耳を塞ぎ直して、深晴は湊介の額に自分の額をつけた。冷たい。

「ほら、まだ汗かいてる」

「深晴さん――」

丸く湊介の瞳が見ひらかれ、深晴は「駄目だよ」と言い返した。

「音が苦手なら、聞こえなくなるまでじっとしてたほうがいいよ」

「……ありがとう」

まばたいて湊介は目を閉じ、深呼吸する。身体からは力が抜けて、さっきよりもずっとリラックスしたようだ。それでも彼の耳を塞いだまま、深晴は注意深く飛行機の音を追いかけて、喧騒《けんそう》にまぎれてほとんどわからなくなってから手を離した。

「もう聞こえなくなったよ」

「ありがと深晴さん。助かったよ」

目を開けた湊介は自分の隣を叩いた。木製のベンチに深晴も座ると、「びっくりしたなあ」とくすくす笑う。

「久しぶりに人にされた」

「……された？」

「おでこくっつけるの。あれ、よく弟がやってきたんだよね」

おでこ、と言われて自分の額に触り、深晴はさっと赤くなった。さっきは夢中だったが、普段なら絶対あんなことはしない。

「ご、ごめん……僕もちょっと動揺してて……ごめんね？」

「なんで謝るの？　嬉しかったよ。びっくりしたけど、懐かしくなった」

後ろに両手をついて、湊介は東屋の屋根の端から見える空を見上げた。

「性格は全然似てないんだけど、お互いの気持ちとか体調はよくわかってさ。今日は不安になってるなとか、怒ってるとか悲しいとか、どっちかがそういうときは、律多がよくおでこをくっつけてきたんだ。おまじないだって。『痛いの半分こしよう』って言ってくれたり、『湊介の元気もらってから行く』って言ったり──『大丈夫。悪い人より、いい人のほうが多い』って言ったり」

「あ……それって」

先週も聞いた。

「うん。あのおでこ押すおまじないのオリジナルは、二人じゃないとできないんだ。──俺が兄ってことになってたけど、律多のほうが兄貴っぽかったよ。最後のときも、熱出して動けない俺にやってくれた」

穏やかな笑みを浮かべている湊介の横顔は寂しげで、深晴は聞いてはいけないような気持ちになりながらも、言わずにはいられなかった。

「最後？」

「死んじゃったんだ、飛行機事故で」

「……そうだったんだ」

無意識に予想していたとおりの答えが返ってくる。仲のいい双子の弟を亡くしたから、飛行機の音が苦手なのだろう。にぶく胸が痛んで、深晴は唇を噛んだ。

慰めたほうがいい、と思ったが、うまく言葉が出てこない。深晴は結局空を見上げ、耳を澄ませた。鳥のさえずりと電車の音。対岸から聞こえる声。風の音。遠くから響く、入り混じった音たち。広い広い青空。

湊介は懐かしそうに目を細める。

「律多はちっちゃい頃から子役やっててさ。律多の出てるドラマの撮影がスペインであって、ついでに一週間休みをもらうことになったから、俺は母親と一緒に先にばあちゃんちに行ってて、帰りは一緒のはずだったんだ。けど、俺が風邪ひいちゃって、動けなくて……律多は帰国するためにマドリッドまで、ひとりで国内線に乗って——乗客も乗務員も、誰も助からない事故だったよ」

だからなのかも、と深晴は納得した。湊介は太陽みたいに朗らかなのに、ときどきちょっとだけ寂しそうにしていたのは、弟のことを思い出していたからではないだろうか。あの、言えない状況になってから後悔しても遅い、という言葉も。

短いため息をひとつついた湊介は、もうほとんど普段どおりの表情だった。

「おかげでそれ以来、飛行機が苦手なんだ。音とか、かたちを見ちゃうとガッって来る。苦しくて息ができなくて、痛くて目の前が真っ暗になってさ——これでも、前に比べたら全然よくなったんだけど」

「よくなったって、さっきの、あれで？」

「前は薬飲んでないと駄目だったもん。今は身構えてれば、テレビに映った程度なら冷や汗くらいでやりすごせるし。ただ、乗れないから不便だけどね」

「乗れないって……スペインから戻ってくるときは？」

「中国までは陸路で、そっから日本までは船で来たよ」

船のほうが怖そうだと深晴は思うが、飛行機に乗れないならたしかにそれしかない。

湊介は湿っぽい空気を振り払うように、ことさら明るい声だった。

「乗れないのはともかく、音とかかたちまで駄目なのは気持ちの問題だと思うんだよな。結局律多がいなくなったあと、親も離婚して、飛行機の全部が駄目ってなったのはそのあとだから。だいぶ前から仲がよくないのはわかってたけど、俺と律多にとってはたったひとつの自分の家族だったから、一気に全部なくしちゃった気がしたんだと思う」

深晴はきゅっと顔をしかめた。笑わなくていいのに。無理なんか、しなくていいのに。

耳を澄ませてももう飛行機の音はどこからも聞こえず、湊介の弟が言うような空の音も聞こえない。ただ綺麗で穏やかな、吸い込まれそうな青だけが広がっている。

「……飛行機がすごく怖いのは、律多くんのほうなのかもね。ほら、気分とか体調とか、お互いにわかるんでしょう？」

隣で、湊介がはっとしたように振り返る。

「――そっちの線は考えなかったな。でも、言われてみたらありえなくはないかも」

「僕は双子の兄弟もいないし、律多くんに会ったことがあるわけでもないから、ただの想像だけど」

「いや、俺が怖いってよりは、納得できる気がする。だって未《いま》だに完治しないんだ、さすがにちょっと厄介だと思ってたんだ。でも――律多が怖かったなら、しょうがないか」

湊介が、神妙な表情で胸を押さえた。

「怖かったに、決まってるもんな」

湊介の痛みが移ったみたいに、深晴の胸の中もちりっとした。寂しい、悲しいときの痛さに、深晴も同じように胸を押さえてみる。――きっと、律多も今ごろ、寂しがっているに違いない。

「……でも、僕が律多くんだったら、湊介くんには早く怖いのを克服してほしいって考えるなあ。飛行機、乗りたいもの」

湊介が顔を上げるのがわかって、深晴は彼と視線をあわせて微笑んだ。

「だって空を飛んでるなら、地上にいるより空が近いでしょ。ときどきでいいから、自分のかわりに好きな空を飛んだり、音を聞いたりしてほしいなって。だから、湊介くんがまだ自分のせいで飛行機が苦手だって知ったら、残念だな」

そう言うと、湊介は真剣な顔つきで黙り込んでしまった。やっぱり変なことを言っちゃったかも、と焦って、深晴は急いで手を振った。

「ごめんね、よく知りもしないのに、不謹慎なこと言ったよね。あくまでも僕が彼だったらってことで……慰めたほうがいいかなって思ったんだけど、僕こういうのも慣れてなくて……その、ご、ごめんなさい」

「謝らないでよ。たしかに残念がるだろうなって、思ってたとこ。だって俺も残念だもん」

くしゃっと表情を崩して、湊介は片手で顔を覆った。

「残念だし、悔しいよなぁ……俺のせいでずーっといやな思いさせてたら、すげぇ残念だ」

声はかすかに震えていて、まるで泣いているみたいに聞こえる。深晴は余計に慌てて腰を浮かせた。

「で、でも、怖いのとかって理屈で克服できないし……自然に大丈夫になるまで苦手でいても、いいんじゃないかな」

「そうだね」

きつく顔を押さえた湊介は、それから思いきったように顔を上げた。目は予想どおりうっすら赤かったけれど、いたずらっぽく楽しそうな表情は無理しているようにも見えない。

「なんか今、初めて深晴さんが年上なんだなって実感した」

「……どうせ頼りないよ」

「頼りないとは言ってないじゃん」

声をたてて笑った湊介は、急に両手を広げた。そのまま抱きつかれて、どきん、と心臓が跳ねる。

「いろいろいっぱいありがとうね、深晴さん」

背中に回った腕がきつく深晴を抱きしめている。慣れない密着感にはどきどきしたが、深晴は意識して力を抜いた。なんとなく、これは拒んではいけない気がする。

間違えてないといいけど、と思いながら、湊介の背中に手を添えると、湊介は力をゆるめずに小さく笑った。

「そんでごめんね。デートの練習のはずが変な感じになっちゃって」

「たしかにデートっぽくはなかったけど……でも、極意も教えてもらったし。湊介くんと、いっぱい話せてよかったから、気にしないで」

「このあと仕切り直すけどさ、心配しなくて大丈夫だよ」

きゅっと深晴の頭を抱き寄せてから、湊介は離れた。肩に左手を残して、太陽みたいに笑う。

「深晴さん素敵だもん。緊張してもなにか失敗しても、規一郎さんは深晴さんのこと絶対嫌いになったりしないよ」

「――湊介くん」

「あと、出かける前はちゃんとおまじないしてあげる」

お手本みたいなウインクは光が弾けるように眩しくて、また、不思議な気持ちになった。懐かしさに似たくすぐったさ。心を下からふんわり持ち上げられたみたいな——ちょっとだけ目の前が、明るくなるような。

「……おまじない、期待してるね」

言いながら、深晴は自分の頬もゆるむのを感じていた。

ひゅう、と風が吹きつけて、深晴は首を竦めた。今日も快晴で春の近づきを感じさせる陽気だが、海辺にあるテーマパークは風が冷たい。

「潮北くん、大丈夫？」

首元が急にあたたかくなって、深晴はどきりとして振り返った。飲み物を買いにいっていた宮尾は、自分のマフラーを深晴にかけながら微笑む。

「まだまだ寒いんだから、油断しちゃ駄目だよ。——なに見てたの？」

「すみません、ありがとうございます……お客さんの乗った船が通ったので。あのでも、僕そんな寒くないですし、宮尾さんが風邪ひいたほうが社会的損失なのでこれ、」

慌ててマフラーをほどこうとしたら、宮尾が吹き出すみたいに笑った。

「おれは寒くないから巻いてて。あの船、人気のアトラクションらしいから、あとで乗ってみようか」

ほどけないようきちんとマフラーを巻いてくれた宮尾は、遠くなった船に視線を向ける。レトロな赤と緑の塗り分けが可愛い船だった。

はい、と返事をしながら顔が熱くなって、まただ、と深晴は俯いた。マフラーに顎が埋まって、ほのかに香る宮尾の香水に、さらに羞恥が増した。

テーマパークに着いて二時間。大きな失態こそおかしていないものの、朝に湊介がこっそりやってくれたおまじないは、たいして効いていないようだった。あのおまじないがなかったら、とっくにひどい失敗をしている気がするから、効いているのかもしれないが。

(湊介くんが、デートは二人で楽しい時間を過ごすものって教えてくれたから……宮尾さんがちょっとでも楽しいように、頑張ってみようかなって思ってたのに……)

深晴なりに努力しているつもりなのに、宮尾に世話を焼かれてばっかりだ。今も買ってきてくれたカフェオレをテーブルの上で差し出され、挙句にマフラーだ。

宮尾のエスコートはそつがなく、そしてびっくりするほど優しかった。優しくされている、と思うとくらくらするし、彼の目に自分がどう映っているのか考えると逃げ出したくなる。から回ってばかりの深晴と一緒に過ごしても、宮尾が楽しめているとは思えない。

「時間もちょうどよさそうだ。船で別のエリアに移動したら、食事にしようか」

「はい……」

恋人同士、という雰囲気には程遠い深晴の返事にも、宮尾は微笑を崩さない。カフェオレを飲み終えて船の乗り場に向かうときにはさりげなく背中に手を回されて、深晴は耳まで真っ赤になった。

（こ、これは……僕にはちょっと、できないかも……）

蒸気船を模した船に乗り込んで隣あわせに座っても、宮尾の手は離れていかない。

なめらかに動き出した船の中では、ミシシッピ川で運行していた蒸気船の歴史が落ち着いたナレーションで流れている。

「そういえば、潮北くんの作品で船が出てきたことってないね」

人工の中州から深晴に視線を移して、宮尾が眼鏡を押し上げた。

「蒸気船の時代のちょっとダークな話なんかも、潮北くんが描いたら面白そうだな」

「——前に宮尾さんが貸してくれた本で、ありましたよね。ちょうどミシシッピ川の船の話で」

「そうそう、あんな感じで。潮北くん、夜を描くのがうまいし」

そう言われると、単純に面白そうだなという気持ちになってくる。久しぶりに目の前にイメージが広がる感覚があって、深晴はぼんやりそれを追いかけた。

船は精巧に作り込まれた古いアメリカの街並みを抜けていき、鬱蒼《うっそう》とした森へと入っていく。このエリアは夜という設定らしく、黄色いガス灯が灯《とも》っているのがミステリアスで魅力的だった。

「今までと違う舞台っていうのも、面白いのかも……」

半ば独り言で呟いて、深晴ははっと我に返った。デート中なのを忘れかけていた。空想癖は職業病みたいなものだが、人といるときに違うことを考えてばかりいるのが失礼なのはわかっている。

「す、すみません！　僕、考え込んじゃって……」

「いいよ、真剣な顔してたから、どんなアイディアが湧いてるのかなって興味深く眺めてた」

宮尾は怒ることもなく、そっと深晴の頭に顔を寄せてくる。

「せっかく恋人が編集者なんだ、デート中も自由に考えてくれていいよ。そのほうが潮北くんも楽しいんじゃない？」

ふわっと触れたぬくもりが離れていく。キスされたのかも、と思ったが、短すぎてよくわからなかった。ぼふん、と赤くなった深晴の手を、宮尾は握ってくれる。

「食事のあとは、小さいけど美術館があるからそこに行ってみる？　今はアンティークの宝石やテディベアが展示されているみたいだよ。いろいろ参考になるかもしれない」

「い、行ってみたい、ですけど」

でもこれでは取材にでも来たみたいだ、と思って、深晴は口ごもった。

「……宮尾さんは、それで楽しい、ですか？　その、一応デートだから、宮尾さんも楽しくないと駄目ですよね……？」

「そんなに緊張してるのに、おれの心配をしてくれるの？」

「それは……します。だって宮尾さんばっかりいろんなことしてくれるなんて、ずるしてるみたいじゃないですか。僕は……仕事では、まだ全然、なんにも恩返しできてなくて、迷惑おかけするばっかりで心苦しいですけど。宮尾さんだって、なにかしてもらう権利はありますよね。たとえばすごい傑作を描いて持ってくるとか……こ、恋人同士なら、僕のほうがマフラー貸すとか、カフェオレ買ってくるとか」

「そんなふうに考えてたんだ。おれがしたくてやってあげたんだから、気にしなくていいのに」

こらえきれないように、くつくつと宮尾が笑った。

「潮北くんて、仕事でもそういうところあるよね。一生懸命で、一途で、真面目だ」

感慨深げに宮尾は空を仰ぐ。しみじみした口調に、深晴は首を傾げた。特別なことのように言われても、深晴には当たり前のことだから、よくわからない。

「仕事は……宮尾さんだって一生懸命で、一途で、真面目ですよね？」

「そうだね。おれにとって仕事は大切なもので、情熱があるから。でも、潮北くんほどまっすぐな人間て、そうそういない」

笑みを浮かべたまま、宮尾は深晴を見つめてくる。

「きみに愛される人間は、幸せ者だね」

「……そう、ですか？」

「こんなにまっすぐ慕われたら、誰だって自分が特別になれたような、誇らしい気持ちになるよ。ものすごく愛されるって、なかなかあることじゃないから。――おれも、きみを手放したくなくなってる」

色っぽい眼差しに、どきんと心臓が跳ねた。指が絡んで、しっかり手がつなぎあわされる。

「今は、きみにはずっとおれだけを見ていてほしいなって思っているところ。デートはもちろん楽しいよ。こうやって、好きな人といちゃいちゃできてるんだから」

秘密を共有するように囁かれ、身体がかあっと熱くなった。

二度目の告白は、前回よりも心がこもっているように思えるのは、深晴の心情の変化のせいだろうか。

こんな声で「好き」と言われたら、信じるしかない。

（ほんとに……嫌われて、ないんだ）

なんの取り柄もない自分が宮尾に想われているなんて、嬉しいけれど、ずっとどこか実感がなかった。でも今日は違う。ちゃんと好かれているのだと噛みしめると、頭がふわふわした。

ぼうっとしているうちに船は終点に到着し、宮尾はほとんど抱き上げるようにして深晴を立たせてくれた。深晴は真っ赤な顔を俯けた。

「あ、ありがとうございます……」

心臓が耳の中に引っ越ししたみたいにうるさい。宮尾に気づかれないように深呼吸して、深晴は動悸のせいで痛い胸を押さえた。

船に乗る前とはまったく違う、ちゃんと恋人同士みたいな雰囲気だ。

湊介くんは本当に魔法使いだったりして、と思いながらエスコートされるのに従ってレストランに入り、たぶんおいしいはずの食事をぼーっとしたまま食べた。宮尾は気を遣ってくれているのだろう、最近話題のヒット映画の話をしてくれて、それはとてもありがたかった。漫画以外のエンターテインメントにも宮尾は詳しくて、面白い作品を教えてもらえるのが、深晴は好きだった。

中世ヨーロッパの田舎《いなか》町を再現したエリアで、教会のような外見をした小さな美術館を見学するあいだも、宮尾はいろいろ話してくれた。映画に海外ドラマ、著名な漫画家のエッセイ集。仕事の話の延長のような会話のあいまに、いかにも親しげに肩を引き寄せられたり、愛《いと》おしそうに目を細められたりして、深晴はデートを満喫した。

（まだ、夢の中にいるみたい）

小さいけれども充実した美術館を出て、湊介くんのときとは全然違うなと思う。先週の日曜日は、あの飛行機事件のあとで水族館に行った。午後はすっかりリラックスしていたので、ひどく久しぶりの水族館はとても楽しかったのだけれど、もっと現実感があった。

（――今日は、撮影入ってるんだっけ）

一か月かかる撮影期間中、湊介の出番があるのは半分ほどだという。撮影中はほとんど休みがないらしくて、今朝も深晴たちより早く出かけていった。疲れがたまってないといいけど、となんの気なく空を見上げると、ちょうど、高い空の上を飛行機が横切るところだった。

湊介はどこで撮影しているのだろう、と心配になりかけて、深晴はがくんと自分の身体がぶれるのを感じた。

踏み出したはずの足の下にはなにもなく、落ちる、と思ったのもつかのま、強く腕を掴まれる。

「潮北くん！」

遅れてひやっとした寒気《さむけ》が襲い、深晴は足元を見た。上を見ているうちに階段にさしかかっていたらしい。腕を掴んで転ぶのを防いでくれた宮尾は、安堵《あんど》のため息をつきながら、深晴をちゃんと立たせてくれた。

「大丈夫？　考え事しながら歩くのもいいけど、怪我しないようにね」

「ご、ごめんなさい。ちょっと湊介くんのこと思い出して、ぼーっとしてました」

「――へえ、湊介のこと考えたんだ。危ないから、手をつないでおこう」

ぽん、と背中を叩いた宮尾の手が深晴の左手をつかまえて、深晴は慌てて首を振った。

「や……あの、もう大丈夫です。これから気をつけるので……」

「触られるのはいや？」

宮尾は顔を近づけて、囁くように聞いてくる。眼鏡越しの瞳が笑みを含んで深晴を見据え、深晴はもう一度かぶりを振った。

「………いや、じゃないですけど、でも。ど、どきどきしちゃうので……」

「いやじゃないなら、つなぐよ。このほうが恋人っぽいしね」

つないだ手をかるく振って、宮尾は「行こうか」と促した。くんっ、と手を引っぱられる感じが腕を伝わって胸に響き、深晴は俯いた。――こんなの、想像だってしたことがない。

ふらつき気味の深晴にあわせてか、宮尾の歩調はゆっくりだった。

「そうやって緊張している潮北くんを見ると、嬉しくなるな」

「……え？」

驚いてこっそり宮尾の顔を盗み見る。彼は深晴を一瞥して笑った。

「だって、初デートで緊張してるなんて可愛いだろう？　慣れてないんだなあって思うと初々しくて、嬉しくなるんだ」

「――それ、あんまり、嬉しくないと思います。話題だって、ほとんど仕事がらみだし」

こんなぎこちなくて、気遣って会話は半分仕事のときみたいな内容にしてもらって、転びかけて迷惑をかけているのに、嬉しいはずがない。深晴が眉を寄せると、宮尾はそっと握る力を強くした。

「初々しいのって可愛いよ。それに、漫画とか映画の話は仕事じゃなくても好きなんだ。潮北くんは教えたものはなんでも興味を持ってくれるから嬉しいしね。きみだって、仕事抜きでもエンターテインメント作品は好きだろう？」

「……それは、そうですけど」

「共通の話題があるのはおれも楽しい。潮北くんは、全然楽しめなかった？」

目を眇《すが》めて見下ろしてくる宮尾は、余裕のある表情だった。深晴は数秒考えて、ふるふると首を横に振った。

「楽しかった、です」

「今日のところはそれで十分だよ。そのうちいやでも慣れちゃうんだから、緊張するのも満喫しておけばいい」

優しげに目を細め、宮尾は前方を指さした。

「少し早いけど、あれに乗って終わりにしようか。湊介も疲れて帰ってくるはずだから、お土産を買って帰ろう」

「――はい」

見えているのは大きな観覧車だ。

十五分ほどの待ち時間を経て乗り込んだ銀色のゴンドラからは、夕方を迎えて暮れていく空と、暗い海、テーマパークや街の明かりが一望できた。

「わ……綺麗」

ガラスに手をついて、深晴は眼下の眺めに見入った。シルエットになった人影が連れ立って移動していくのも楽しい。

「観覧車、大人になってから乗るのは初めてです」

「子供の頃は乗った？」

「一回だけ……うち、そんなに裕福じゃなかったので、家族で出かけたことは少ないんですけど、連れていってもらったことがあります」

とはいえ、楽しかったか、と言われると思い出すのはうっすらした寂しさだけだ。はしゃぐ兄二人と違い、深晴は声をあげて笑ったりできなくて、父親にため息をつかれたのを覚えている。「おまえはなにをしてやっても楽しそうにしない」不機嫌そうな声音が蘇り、深晴はそれを追い払った。

「先週湊介くんと出かけたときに、観覧車がおすすめだって教えてもらったんですけど、こうやって高いところから眺めるの、楽しいですね。海もテーマパークの光も、両方見えるし」

宮尾のほうを振り返りかけ、深晴はぎくっと固まった。宮尾はいつのまにか立ち上がっていて、深晴の隣に腰を下ろす。背後から包み込むように手を回した彼の顔がすぐ近くまで来て、さっと身体が熱くなった。

「ほんとだ。こっち側のほうが、海も園内もよく見えるね」

「みっ……宮尾、さ、」

抱きしめられている、と思うと息が上がった。髪の先まで赤くなってしまった気がして俯くと、宮尾は忍びやかな笑い声をたてた。

「そんなに下を向いたら景色が見えないよ。こっち向いてごらん」

「っ……で、でも」

横を向けばほとんど宮尾の顔の真ん前だ。唇を噛むと、宮尾は背中に回した右手で、後ろから深晴の耳を撫でた。

「今日は本当に、きみとこうして来られてよかった。自分の決めたルールに従ったままだったら、湊介に出し抜かれていたかもしれないからね」

囁きと一緒にどんどん宮尾の唇が近づいてくる。耳朶《じだ》にぬるくやわらかいものが触れた気がして、びくん、と肩が揺れた。

「そっ湊介く、んは……そんな、出し抜く、なんて、……あっ」

宮尾は今度ははっきりと、唇で深晴の耳に触れた。

「すっかり仲よくなってるじゃないか、きみたち。おれとデートするより先に、一緒に出かけたんだろう？　妬《や》けるくらいだよ」

「やっ……」

「湊介のほうが好きになった？」

「……ちが、違います……っ」

たしかに仲はよくなったけれど、そういうことではない。必死で否定すると、顎に手がかかった。揶うように持ち上げられて、打たれたように身体が強張る。

「本気になるって決めたら、おれは妥協しないよ。――心配だから、先にキスさせてね」

「……っ、……ん、……ッ！」

くらっと視界が歪《ゆが》み、真っ暗になった。もがこうとしたのに手も足も動かず、ただ宮尾の唇を受けとめる。ぴったりと押しつけられた宮尾の唇は慣れた様子で動いて、深晴のそれを吸った。

「――っ、んんっ……」

じぃん、と味わったことのない痺《しび》れが腹を焼いて、深晴は震えた。ちろっ、と動いた舌がからかうように唇の内側を舐《な》めていき、死んじゃう、とだけ思う。心臓がとまってしまいそうで、涙が滲んだ。

甘くて、情熱的なキスだ。

(宮尾さんが……宮尾さんと、キス、してる)

ちゅっ、と音をさせて離れた宮尾は、優しい手つきで深晴の顔を撫でた。

「おれの、どこを好きになったの？」

「んっ……どこ、って……っ、あ、」

くにゅりと唇を指で挟まれて、おかしなふうに声が跳ねる。宮尾はそこを撫でながら繰り返した。

「おれのどこを好きか、教えてほしいんだ」

半ば掠れた声は真剣で、見据えられている、と思うと頭の芯が痺れた。好かれているのだ、と改めて嚙みしめる。潤んだ目からは今にも涙が溢れそうで、目尻に触れられるとひくひく喉が震えた。

(……黙ってて、言えない状況になってから後悔しても、遅い――)

湊介の声を思い出し、深晴は一度きつく目を閉じた。頑張ってまぶたを上げ、じっと答えを待って

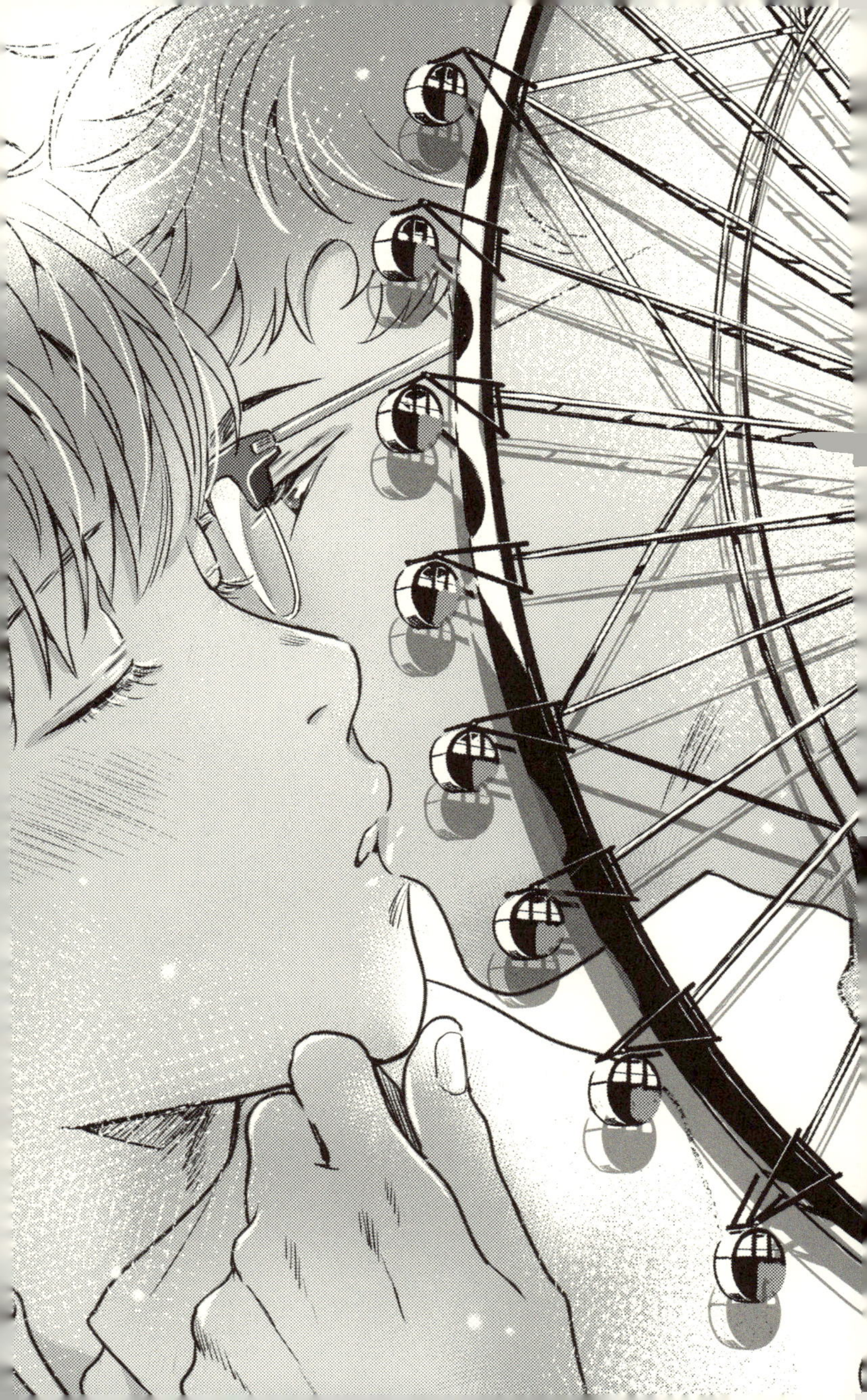

いる宮尾を見つめ返す。

「……っ、は、初めて、会ったとき、から、好き、でした」

「初めて会ったとき？　持ち込みのときかな」

「はい。宮尾さんが好きだって言ってくれたコマが、僕が一番描きたかったところだったんです。あ、この人には、僕の気持ちが伝わってるんだなって——そんな人、それまで誰もいなかった」

魔法使い以外では、初めてだったのだ。この人は自分の味方で、そばにいてくれる人だと感じられたのが。

「優しくて……面倒見もよくて、いっつも僕のことも忘れないでいてくれて……なんでも教えてくれて、打ち合わせで会える日は嬉しくて……、初めて、寂しくなかったんです」

「それまでは、寂しかったの？」

「……はい。僕、こんな感じだから家でも学校でも、あんまりうまくいかなくて……もちろん僕のせいだから、頑張ればよかったんですけど、なんとなくいつも寂しくて——でも、宮尾さんと話しているときは、全然寂しくないんです。だから……、」

精いっぱい言葉をつらねて、そこで息が切れた。はぁっと息をつくと、宮尾はゆっくり目を細めた。

「そんなふうに思っててくれたのか……嬉しいよ」

押し殺したように低く、甘い声だった。額にもかるくキスされて、深晴はちかちかする目眩に目を閉じた。いうことをきかない身体を、宮尾が抱きしめてくれる。

「でも、これからはもっと好きになってほしいな」

「もっと、ですか?」

「そう。遠慮しないで甘えていいんだよ。おれならきみをいっぱい甘やかして、守ってあげられるからね。リードしてもらうの、好きなんだろう?」

「……宮尾、さ……ぅんッ……んっ……」

再び唇を塞がれ、今度は舌が入り込んできて、意識が遠くなった。嘘だ。こんなキス——こんないやらしい口づけ方を、宮尾がしてくるとは信じられない。

にゅるっと大胆に口の中を舐められるのは、気持ちがいいとも、いやだとも感じられなかった。衝撃が大きすぎて、自分の感覚がよくわからない。キスが終わっても身体は小刻みに震えていて、座り直した宮尾に抱き寄せられると、くったりもたれかかる以外できることはなかった。

ゴンドラの外、景色の高度が徐々に下がって、重たい揺れとともに終着点に着いても、深晴は立てなかった。気づいた宮尾はわずかに苦笑をひらめかせ、深晴の膝の下に手を差し入れる。

「摑まってて」

「——わ、……ッ」

横抱きに抱え上げられて、きゅっと胃のあたりが縮んだ。慌てて摑まると、宮尾はそのまま、開いたドアから降りてしまう。

「失礼。連れが少し具合が悪いようなので」

呆気にとられた表情の係員にそんなことを言って通りすぎた宮尾は、声も出せずに固まった深晴を一瞥して微笑を浮かべた。

「落としたりしないから、目を閉じてていいよ。向こうのベンチまで運んであげる」

「……で、でも」

周りからは歓声じみたどよめきが沸いている。深晴はちらりと見回して、完全に注目の的なのを見てとって目を伏せた。恥ずかしさといたたまれなさで全身熱い。宮尾は気にした様子もなく、宣言どおり少し離れたベンチまで運ぶと下ろしてくれた。ともすればまた力が抜けそうになるのをこらえて、深晴はざわつく胸をきつく押さえた。

「すみません……最後の最後まで、迷惑かけてしまって」

「こういうのは迷惑じゃなくて役得って言うんだよ。——潮北くんの反応があんまり可愛いから、おれも少しやりすぎた」

宮尾はさらりと髪を撫でてくれた。

「次のデートは、きみももっとリラックスできて、きっともっと楽しいよ」

「——」

次があるのだ、と思うと不思議な気持ちになった。今こんなに、想像もつかなかったくらい幸せなのに、これが、まだ続くのだ。

見上げると、宮尾は隣に腰を下ろした。

「来週は、例のカップを買いにいこう。さっき面白そうだって言ってた映画も観ようね」

「……はい」

夢見心地で頷く。これが両思いなんだ、と深晴は思った。

キスして、深晴のおかしな態度まで可愛いなんて言って、抱きしめて寄り添ってくれて——求められ、大切にされている。

きっとこれから先は、寂しく感じる時間もなくなるのだろう。愛してくれる人がいるのだから、寂しく思う隙間《すきま》などないはずだった。


水曜日は残業しないのが推奨されているとかで、宮尾の帰宅は比較的早い。撮影も大詰めだという湊介も今日は早くに戻ってきて、三人で遅めの食卓を囲んだ。

宮尾に風呂を使ってもらうあいだ、湊介と二人で食器類を片づけていると、湊介はにんまりして視線を向けてきた。

「けっこういい感じじゃない？　深晴さんと規一郎さん」

「そ……そうかな？」

デートで限界まで飽和したせいか、日常会話はたしかに動揺しなくなった。さりげなく腰を抱かれたりすると赤くなってしまうが、デートのときのように長い時間触れあうわけではないので、それなりに平穏に過ごせてはいた。

くすぐったくも幸せな日常だ。未だに朝目覚めたときは不思議な気持ちがするけれど、バイトしているあいだも楽しい。帰宅したときに湊介が「おかえり」と迎えてくれるとほっとするし、自分が二人に「おかえりなさい」と言えるのも、満ち足りた気持ちになれた。大好きな憧れの人と、大切な友達と一緒に暮らしている喜びが、今になってしみじみと実感できている。

なにより、久しぶりに描きたい気持ちも湧いてきていて、それがたまらなく嬉しかった。

深晴を見て、湊介は子供みたいに唇を尖《とが》らせた。

「あーあ、照れちゃってさ。規一郎さんも楽しそうだし、いいよな、両思い。俺なんかだいぶ長いこと彼女いないいんですけど」

「そうなの？　湊介くん、すごくもてそうなのに」

「もてるよ。もてるけど——告白されてつきあっても、俺は好きだと思ってるわけじゃないって気づいて、不誠実だと思って。だから、ここ二年くらいは彼女いないよ。役者になりたかったから、芝居第一だったしさ」

はあ、と悩ましげなため息をついた湊介は、そこでからりと笑った。

「なーんて、すぐ近くに両思いのカップルがいるのってやっぱりいいよね。見てるだけでもこっちまでうずうずしちゃう。深晴さん、きらきらしてるもん」

「——き、きらきらはしてないと思うよ」

「してるよ、毎日幸せそう。どう？　漫画のほうもじゃんじゃん進んじゃってる？」

「じゃんじゃん……ではないけど、プロットはまとまりそうな感じ」

湊介はかるく肩をぶつけてくる。じゃれつくような湊介の仕草につい笑ってしまいながら、深晴は慎重にお椀《わん》を置いた。湊介は手早くそれを拭く。

「まとまりそうなら、脱スランプじゃない？　やったね！」

「まだまとまったわけじゃないけどね。でも、魔法使いのイメージもかたまってきたし、ラストと、途中のエピソードもかたちになってきたんだ」

脳裏には日曜日のデートが蘇ってくる。あの日、帰宅して布団に潜り込んだあと、ひしひしと襲ってきたのは今までとは違う不安だった。

初めてのデートで失敗しなかったのはよかったが、それで今後も安泰というわけじゃない。次の約束もしたけれど——一か月後や半年後にどうなっているのかは、誰にもわからない。好きになってもらえても、ずっと好きでいてもらえるとはかぎらないのだ。

そう気がついて、嫌われたくない、と強く思った。

深晴に努力できることといったら漫画くらいしかない。ちゃんと描きたい、と思って眠りに落ちて、翌朝紙と向かいあったら、少しずつ描きたいものが見えてきた。同居しはじめてすぐのあの緊張や二人が気遣ってくれたこと、チョコレートの味、湊介と見た書店の棚、青空に飛行機に、遠い声。レトロな蒸気船と古い町並み、水の匂い、抱き上げる力強さや、ゴンドラから見た箱庭みたいな景色。

いろんなものがまざりあって沈み、直接は関係のない一コマが思い浮かんで、これで誰かを励ませたらいいなと思った。懐かしい気持ちになって、ちょっと勇気が湧くような。

脳裏に物語が浮かんでくるのは久しぶりのことで、この同居がなければ思いつかなかっただろうと思えば、同居を申し出てくれた湊介にも、強固にうちに来いと誘ってくれた宮尾にも感謝しかない。環境を変えないと駄目だ、と言った宮尾は正しかったのだ。

「宮尾さんて、すごいよね」

途中をはしょってそれだけ呟くと、湊介が小さく口笛を吹いた。

「惚気《のろけ》るねー！　両思いでスランプも脱したなら、お祝いしなくちゃ」

「……お祝いするなら、湊介くんにはお礼をしないと」

宮尾の指摘が正しいのはいつものことだが、同居のきっかけは湊介だ。まさかの両思いという事態になったのも、湊介がいなければありえなかった。

「全部湊介くんのおかげだもの、なにか好きなものがあればプレゼントさせて。……ほら、写真集も、買ってもらっちゃったし」

「んー、だったら、ケーキがいいな」

最後のお椀を手際よく拭き、湊介は思案するように天井を見上げた。

「プレゼントとお祝いを兼ねてホールケーキでどう？」

「……そんなのでいいの？」

「ホールってなかなか食べられないでしょ。オーソドックスにいちごたっぷりのショートケーキがいいな、俺は」

「誕生日みたいだね」

笑ってしまい、深晴は大きく頷いた。

「いいよ。五日に撮影終わるんだよね？　その日か、都合が悪ければ翌日にでも買ってくる。湊介くんがゆっくりできる日がいいよね」

「五日は打ち上げしてくれるみたいだから、六日か七日がいいかな。水曜なら規一郎さんも早く帰ってこられるよね。俺のクランクアップ祝いも兼ねちゃう感じで、トリプルめでたいね」

「ほんとだ」

顔を見あわせるとふふっと笑みが漏れて、楽しい気分になった。満ち足りた気持ちでいる自分が、世界一幸せ者に思える。

「……はあ。なんだか、幸せだなあ」

にやけてしまう頰を押さえて息を吐き出すと、湊介が困ったように視線を逸《そ》らした。

「——ちょっと、規一郎さんの気持ちわかっちゃった」

「え？」

「深晴さん、日曜日のデートでもいっぱいにこにこしたでしょ」

「にこにこ……は、できなかったと思うよ？」

「自覚ゼロでにこにこしてたんじゃない？　……深晴さん、笑うと可愛いもん」

拗ねたような、ぶっきらぼうな湊介の口調に、深晴は首をひねった。どうして不機嫌そうなのだろう。

「笑うと可愛いって……そんなの言われたことないよ？」

「じゃあ試しに今度規一郎さんの前でにこにこしてみれば？　絶対可愛いって思われて、規一郎さんめろめろになるから」

「め……めろめろ」

生まれて初めて口にする単語にぽふんと赤くなって、深晴はエプロンを握りしめた。

あの宮尾が「めろめろ」はありえない気がするけれど。誘ってもらったとおりに次のデートがあるなら、次こそはちゃんと宮尾にも楽しんでもらいたい。

（恩返し、したいもの）

漫画でもそれ以外でも、ちゃんと宮尾にお返ししたいと願うのは——分不相応だろうか。

俯きかけたら、ふいに背後から手が回った。一瞬びくっとしたものの、抱きしめる強さはごく弱くて、深晴はそろそろと力を抜いた。

「湊介くん……？」

「ちょっと複雑だけど、深晴さんのそういう顔初めてだからさ」

顎の下に深晴を抱き込んで、湊介がわざとらしいくらい明るい声で言った。

「気持ち、伝えられてよかったね」

「——うん」

締めつけられるように胸から喉まで痛んで、深晴は組まれた湊介の手の上に、自分の手を重ねた。

枯れた芝の匂いまで思い出す。明るいのにちょっと寂しい声はあのときと一緒だ。湊介にはきっと、弟に言えなかった言葉があるのだろう。

「湊介くんも、次の機会には、大切な人に大事な気持ちが……ちゃんと伝えられるといいね」

「ありがと」

ささやかにくっついた背中に、笑ったような振動が伝わってくる。それを感じると余計にせつなくなって、もっと抱きしめてもいいのに、と思う。深晴を弟の身代わりにして寂しい気持ちがまぎれるなら、触られるくらい――抱きしめられるのくらいは協力してあげたい。

「……湊介く、」

「なんだ、さっそく浮気？」

深晴の声をかき消すように宮尾の声が響いて、はっとしたように湊介の腕が離れた。ぎくりとしてしまった深晴は、かあっと赤くなって振り返った。いつのまにか風呂から上がってきたらしい宮尾が近づいてくる。

「きみはずいぶん、湊介とは仲がいいよね」

「こっ……これは、そういうんじゃなくて……っ」

「そうだよ規一郎さん、意地悪言うなよ。深晴さんが俺のクランクアップのお祝いに、ホールケーキ買ってくれるっていうから、お礼言ってただけじゃん」

深晴から離れていきながら、湊介が心外そうに顔をしかめる。

「俺がハグ魔なの知ってるくせに、そういう言い方すんの深晴さんが可哀想《かわいそう》じゃん」

「知ってはいるが、見ると心中穏やかじゃないんだ」

宮尾は権利を主張するように深晴を抱き寄せた。顔を近づけて、湊介のほうにちらりと視線を流す。

「潮北くん、気をつけたほうがいいよ。湊介のあの人懐っこさでほだされる人間は多いからね」

「そ、そんな……」

冗談めかしてはいるが、深晴はどう返していいか困ってしまう。湊介はといえば、呆れ顔で肩を竦めた。

「やだなあ。俺は人のものは取らない主義だし、深晴さんのことは——一緒にいて安心できる、大事な友達だもん。これ以上変に疑われたくないから、もうハグはやめとくけど」

ため息をひとつついた湊介は、それで気持ちを切り替えたらしく、手早くエプロンを外した。

「俺ちょっとランニングしてくるね。今朝出るのが早くてできなかったから」

「あまり無茶はするなよ」

湊介が背を向けるのと同時に、宮尾の手が離れていく。かわりに、かるく額にキスされた。

「潮北くんは風呂に入っておいで」

「——はい」

熱くなった額を押さえた。——優しいはずの宮尾の声が、少しだけ剣呑《けんのん》なものに思えたのは後ろめたさのせいだろうか。もちろん、後ろめたいことなんてなにもないのだけれど、仮にも恋人がいるのに、あんなふうにほかの人とくっつかれたら、たしかにいい気分はしないだろう。

（……さっき、喧嘩しちゃうのかと思った）

冗談めかしているのにどこか冷ややかな宮尾の声も、そっけない湊介の声も彼らしくなかった。仲がいい従兄弟《いとこ》同士だから、深晴の思い過ごしだとは思うけれど……自分のせいでおかしな誤解が生まれ、うっかり喧嘩になったりしたら、それこそ申し訳ない。

いつのまにか、湊介とすっかり距離が縮んでしまったのがよくないのだろう。気をつけなきゃ、と深晴は自分に言い聞かせた。

せっかくこんなに毎日が幸せなのだ。宮尾がいて、湊介がいて、安心できるこの空気感をなくしたくない。

気をつけなきゃ、と声に出して呟いて、深晴は少しだけ感じた寂しさをなかったことにした。


三月半ばの月曜日、仕事は仕事でけじめをつけよう、と言う宮尾に従って、彼とよく使う出版社近くのカフェで待ち合わせた。ようやくできあがったプロットに目を通した宮尾は、無言のままコーヒーに口をつける。深晴は緊張して背筋を伸ばした。

「ど、どうでしたか……？」

「珍しいね、潮北くんのほうから聞いてくるなんて。——もちろん、オーケーだよ」

にっ、と満足げな笑みを浮かべられ、安堵のため息が漏れる。

「よかった……」

「魔法使いの青年に謎めいた仲間がいるところがいい。メインの二人以外に準主役になりうるキャラを持ってきたから、スリリングな感じが出てると思うよ。それに、このあと三人の関係がどうなるかも興味をそそられる」

「終わり方が……一緒に旅立つのはいいとして、ニュアンスはこれでいいのかなって少し迷ってるんですけど」

いつになく高い宮尾の評価が嬉しい。深晴は身を乗り出して宮尾の手元のプロットを広げた。

「このへんから、もっていき方を変えて、前向きな感じの旅立ちも考えられると思って」

「そうだね。でも、今の流れでも暗すぎるわけじゃないし、全体のトーンとしては自然じゃないかな。ネーム切るときに、潮北くんがいいと思うほうにしてみて」

「……はい！」

宮尾がきちんと揃えてくれたプロットを受け取って、大事に鞄にしまう。ついでに腕時計に目をやると、「どうかした？」と宮尾が聞いた。

「時計気にしたりして……アルバイトの時間まではまだ余裕あるよね」

「あ……えっと、実は今日、湊介くんに、稽古の見学に誘われてて。バイトは休みをもらったんです」

こっそり見たつもりが気づかれて、深晴は焦って笑みを浮かべた。

「アクションシーンの練習がすごいらしくて……そういうの一度も見たことがないし、せっかくの機会だからいい取材になるかなって」

口調が言い訳がましくなるのは、先月末のことがあるからだ。宮尾と湊介がおかしな雰囲気だったのはあの日だけだが、また「湊介とは仲がいい」と言われたくなかった。

宮尾はにっこりした。

「それはよかったね。演劇はすごくいい刺激になると思うから、ぜひ楽しんでおいで」

「は、はい」

「湊介も頑張ってるな。先週映画の撮影が終わったばかりなのに——あのケーキ、おいしかったね」

先週の水曜は、予定どおり深晴がショートケーキをホールで買った。宮尾がいちごにあうというシャンパンを開けてくれて、和気藹々《わきあいあい》といい時間を過ごした。

「楽しかったですよね」

「そうだね、家族って感じで。——でも、次は二人だけで祝いたいな」

宮尾が身を乗り出した。優しく頬に手が添えられ、唇をついばまれる。

「っ、み、やおさっ……ここっ……」

「大丈夫、誰も見てないよ。見られても、恋人同士なんだからなにも困らない」

目を細めた宮尾は愛しむように唇を撫でてくる。

「今日できみと暮らしはじめて一か月だし、こうして無事にプロットも通ったし、ご褒美にキスするのは変じゃないだろう？　そろそろ仲を進展させてもいい頃だ」

「し……進展……」

それってつまり、と考えたら、たちまち顔が赤くなった。宮尾はくすっと笑って頭を撫でると立ち上がり、慣れた手つきで伝票を取る。

「湊介と約束してるなら引きとめるわけにもいかないからね。お祝いはまた別の日に、ゆっくり改めよう。——夜はできるだけ早く帰るよ」

通りすぎしな、ほとんど耳に口づけるような近さで囁かれ、深晴はくたくたと力が抜けそうになった。今ごろ動悸が激しくなってくる。

仕事だから、と外で待ち合わせたのに、こんな不意打ちがあるなんて聞いてない。

こういうのも恋人だからなのかな、と思いながら、深晴は顔を押さえて深呼吸した。なんにせよ、湊介に誘われたと言っても宮尾が怒ったり疑ったりしなくてよかった。

二回の深呼吸で気持ちを切り替えて、すっかり春めいた陽気の中、教えられた劇団の稽古場に向かうと、湊介のかわりに若い女性が案内してくれた。

「稽古中なので、後ろのほうで見学してくださいね」

「はい、ありがとうございます」

ぺこりと頭を下げてそうっとドアを開けると、途端に音が溢れてきた。

ダンッ、と床を踏みしめる音と、鋭く飛ぶ掛け声。

「右、右、後ろ、左、かがんで右、かまえ！」

怒号のような声にびくりとして、こわごわ中を覗き込む。広い板張りの室内は、ドアの向かいの壁が一面鏡になっていて、その前で十五人ほどが、いくつか固まりになって複雑な動きをしていた。

「そのまま振り二十三、河本《かわもと》のせりふまで――おいそこ、違う！」

鏡の前、左端にいた男性が大声をあげ、指さされた劇団員が「すみません」と頭を下げる。

「間違えたら怪我するんだ、きっちり身体に叩き込め！　自分だけじゃない、周りの人間も危険にさらすんだからな！」

「ハイ！」

叱咤《しった》には全員が揃って答える。その中に湊介を見つけて、深晴はドアの隙間から中にすべり込んだ。

ドアのある壁面には、このシーンに出ないのだろう団員たちが、数人ずつかたまって見学している。

「次二十四、メンバー交代！　まずはスローで流すぞ」

指示を出しているのは監督なのだろうか。一度台本をめくって確認すると、「五十五まで、そのあと続けるから五十六以降のメンバーはよく見とけ」と声を投げる。

気合いの入った団員たちの返事を聞きながら、深晴はごくりと喉を鳴らした。全員が真剣そのものの表情だ。怖いほどの厳しさだが、それぞれ違っていながらも統制のとれた動きは踊りのように美しい。

中でも、ひときわ背が高く手足の長い湊介は優美だった。スローモーションで動きを確認したあとは、同じ動作を本番のスピードで繰り返す。激しい動きと足を踏み鳴らす音はぞくりとするほど刺激的だった。一回転すると汗が飛び、普段よりも大人びた真剣な横顔に感嘆のため息が漏れた。

（すごい……人間て、綺麗）

人はこんなに美しく動けるものなのか。誰にでもできることではないからこそ、舞うように動く湊介は綺麗だった。鋭く睨む目つきや険しい表情からは、物語の場面の過酷さが見えてくる。

（湊介くん、いつもこんなに頑張ってるんだ）

見ていると指先がうずうずして、深晴は鞄からプロットを取り出した。コピー用紙を使っているから、裏側は白紙だ。鞄を台にしてそこにペンを走らせ、湊介を描いていく。振り上げた腕や鋭い目つき、背中のしなり。高く上がった蹴り。

見ているだけでもこんなに心が躍るなんて、湊介は存在自体が魔法みたいだ。特別なもののように眩しくて、きらきらして見える。

夢中で描いていると、急にすぐそばで舌打ちが聞こえた。

「言うほどそんなよくねーじゃん」

どきっとして横を窺うと、近くで壁にもたれた三人が目に入った。不愉快そうな顔をした真ん中の男に、右側の男がにやりとする。

「また梶湊介？　ずいぶん嫌ってるよな」

いやな感じで出された湊介の名前に、思わず眉が寄った。部屋の真ん中で行われている練習はいつのまにか中断されていて、監督らしき人が個別にアドバイスをしている。湊介は汗を拭いながら、ほかの人へのアドバイスも聞いているようだった。

真ん中の男は不快そうに湊介のほうを見ている。

「だって、特別扱いで参加させるほどうまくないだろう、たしかに素人じゃないみたいだけど。だから留目《とめ》事務所ってやなんだよな、ゴリ押しばっか」

くしゃっと手の中の紙が歪む。深晴は描いたばかりの湊介を見、団員と言葉を交わしている本人を見て、男たちに視線を戻した。

どうしてあんな言い方ができるのか。今の稽古を見ていて、あんなに美しい姿を見てもまだ、悪口しか言えないなんておかしい。深晴は素人だから良し悪しが判断できないのかもしれないが——本気で、真剣に取り組んでいることは痛いほどわかるのに。

「でも、スペインだっけ？　外国で演劇やってたんだろ。初日からちゃんとついてきてたじゃん」

左側の男がとりなすように言っても、真ん中の男の機嫌は直らないようだ。鼻を鳴らすと小馬鹿にした表情で左の男を見下ろす。

「ついてこれてなかったら蹴り出してるっつぅの。ま、ついてきたって言っても最低限なんだから、俺はいやだけどね。ゴリ押しされてる理由もわかっちゃったし？」

「え……本当かよ」

思わせぶりで嫌味な口調に深晴はむっとしたが、左右の男たちは興味を引かれたらしい。どういうこと、と聞かれた真ん中の男は得意げだった。

「なんか顔に見覚えあると思ったんだよね。そんでちょっと探り入れたら、やっぱそうだったわ」

「そうだったって？」

「十年くらい前にいた子役の宮尾律多って覚えてない？」

「ああ……いたな。事故死したっていう、宮尾太楽《たいらく》の息子だろ」

さっと背筋が冷たくなって、深晴はいたたまれずに紙の束を抱きしめた。父親の名前を湊介から聞いたことはないが、律多という名前は珍しい。それに——宮尾は父方の従兄だと言っていたのだから、きっと太楽という人が父親で間違いないのだろう。

（……僕でも、聞いたことのある人だ。たしか俳優さんだったはず……）

部屋の真ん中では稽古が再開され、スローで長いシーンが行われている。もう聞きたくないのに、勝ち誇ったような真ん中の男の声が聞こえた。

「あの子役、兄弟らしいぞ、梶湊介くんの」

「え!?　って、じゃああいつ、太楽の息子ってこと？」

彼らの声は妙に楽しそうだった。

「そう。太楽って昔は売れてたけど、落ちぶれて引退した犯罪者じゃん。なのにその息子を所属させるとか、留目事務所もよくやるよな。映画にも出るらしいけど、ゴリ押ししてどーすんだって話」

「……でも、監督の長岡《ながおか》さんが合格させて、なんにも言わないんだから、違うんじゃないの？」

懐疑的な左側の男に、真ん中の男は不機嫌そうに鼻を鳴らした。

「あの人弱みでも握られてんじゃないの。太楽も長岡さんの舞台出てたことあるもんな。俺なら絶対断るね。弟が事故死で父親が犯罪者とか、縁起悪いだろ。板の上で事故られたらたまんねーもん」

あはは、と嘲ったような笑いが耳について、深晴は我慢できなくなって顔を向けた。珍しく――というより、生まれて初めて、腹が立っていた。

大切な家族を失った人に対して、不謹慎に悪口を言うなんてひどい。

勝手なこと言わないでください、と声をあげようとしたとき、「深晴さん！」と呼ばれて、びくっと肩が震えた。

「来てたんだ！　俺が案内するつもりだったのに、ごめんね」

「……ううん。ちょっと早く、着いちゃったから」

今の会話を湊介は聞いていないはずだが、深晴はひやひやして壁際の男たちを振り返った。彼らは無遠慮に深晴のことも眺め回すと、真ん中の男が唇の端をつり上げた。

「さすが贔屓されてる役者さんだね。新入りのくせに友達なんか招待してんの？　あの宮尾太楽の息子だから、優遇されんのも贔屓されるのも当然って？」

自分が言われたわけではないのに、ずきんと心臓が痛んだ。深晴は湊介を見上げたが、湊介は安心させるように深晴に微笑むと、壁際の男たちに視線を向けた。

「見学は長岡さんにも、森沢《もりさわ》コーチにも許可をもらってます。みは……潮北さんはちゃんとした取材でいらしてるので、壇田《だんだ》さんたちにも迷惑はかけないと思います」

ね、と促され、深晴は急いで彼らに頭を下げた。おじゃまします、という声が聞こえたかどうかは不明だが、「取材」という単語は効いたらしい。左右の男たちは困った顔をした。

「取材なら……まあ」

「稽古段階から注目されるのはいいことだし……」

「その許可をもらってるのが贔屓だって言うんだ」

真ん中の男だけが頑《かたく》なだった。首にかけていたタオルを放り出して、部屋の真ん中へと向かう。

「犯罪者の息子とか、変な注目されるほうが迷惑なんだよ」

すれ違いざまに憎々しげな声が聞こえ、深晴はぎゅっと身体を縮めた。言い返してやりたいのに、なにも言葉が浮かんでこない自分が悔しい。

小刻みに震えた背中を、湊介がかるく押した。

「休憩になったから、飲み物買いにいくんだ。つきあってよ、深晴さん」

「……うん。でも」

いいの？　と聞きたくて見上げると、湊介はからりと笑った。

「俺は平気。でも深晴さんにやな思いさせちゃってごめんね。――そういう顔してもらえて、ちょっと嬉しいけど」

　ふに、と頬を押され、深晴はそこを押さえた。喜んでもらえるような顔をした記憶はないのに、湊介は稽古室の外の自動販売機でお茶を買ってくれた。

「稽古、見てみてどうだった？」

　湊介はなにごともなかったかのような明るさだ。深晴は壁に背中を預けて頷いた。

「すごくかっこよかったよ。湊介くん、すごく大人っぽかった。監督さん？　の声が怖くてちょっとびっくりしたけど、みんな真剣で——あの動きって全部覚えてるの？」

「そうだよ。覚えてないとできないから」

「あんなに長い動きよく覚えられるね……」

「アクションとかダンスは向き不向きもあるけど、練習重ねれば覚えられるもんだよ。振りに演技乗せるほうがずっと難しい。でも仕上がるとすっごいかっこいいってわかってるから、大変だけど楽しいんだ。ハマッたときは最高に気持ちいい」

　湊介の声が弾んでいて、それを聞いていると深晴まで楽しい気持ちになってくる。わくわくした子供みたいな表情と、挑むようにまっすぐな眼差しがアンバランスなようでいて——湊介にはよく似合っている。

「お芝居、好きなんだね」

「——うん。律多がやめなかった理由、今ならわかる」

　ぐっとスポーツドリンクをあおって、湊介は深晴を見下ろした。

「本番も絶対観にきて。稽古はきついしいいことばっかりじゃないし、うまくできないことだって多いけど、でも本番は絶対」

「……絶対？」

「陰口叩くやつも黙らせてやるから、見ててよ」

「――湊介くん」

ああ、綺麗だなあ、としか思えなかった。綺麗だ。この人は――きらきらしている。

ぼうっと見上げると、湊介はどうしてか、照れたように頬を染めた。

「とかかっこつけといてなんだけど、帰ったらちょっと甘えてもいい？」

「甘える……？　僕に？」

「昔話、聞いてほしいんだよね。もちろん、深晴さんが忙しくなくて、規一郎さんが怒らなかったらでいいんだけど。あともし疲れてたりしたら断ってくれていいから」

やや早い口調にきゅんと胸が締めつけられて、深晴は手を伸ばした。湊介のTシャツの裾を握る。

「聞くよ、なんでも」

Tシャツは汗を吸ってしめっていた。こんなに服が濡《ぬ》れるくらい稽古が過酷なのだと改めてわかって、もう一度「聞くよ」と繰り返した。

「チョコレート、僕が作ってあげる」

「――うん。ありがと」

湊介は眩しそうに目を細めて、シャツを握る深晴の手に触れた。包むように握った手はしばらく離れていかず、深晴はそのあいだ、不思議なくらい穏やかな気持ちだった。


「宮尾太楽って、深晴さんも知ってる？」

普段よく使うダイニングテーブルではなく、湊介がベッドがわりに使っているソファに並んで座ると、湊介はそんなふうに切り出した。

「テレビで、ちょっとだけ。ドラマとか、いっぱい出てたよね？　僕が知ってるくらいだから有名なんだと思うけど……」

といっても、子供の頃の話だ。実家の居間でテレビがつけっぱなしになっていて、それで見た記憶があるくらいだった。

「稽古場で言われてたとおり、あれが俺の父親なんだよね」

ちょっとだけ寂しそうに、湊介はマグカップに視線を落とす。

「俺と律多がちっちゃい頃は、忙しそうにしてて家にはあんまりいないけど、子供には甘くてなんでもわがまま聞いてくれる人で、好きだったよ。律多が子役はじめたのは親父が現場に連れていったのがきっかけで……親父は子供に役者になってほしかったらしいから。母親はすごくいやがってたんだけど、律多は楽しかったみたい。俺は……ちょっと、いやだった」

「湊介くんが？」

意外だった。話を聞くかぎり仲のいい双子の兄弟だから、当然、応援しているのだと思っていた。

「そのせいで両親が喧嘩するから、喧嘩の原因になるようなことしないでくれよなって思ってた」

「……そっか」

「母親が、子供の稼ぎをあてにするなんて、っていつも怒っててさ。はじめのうちはよくわからなかったけど、小学校の高学年にもなるとわかってくるだろ？　父親が以前ほど売れてないとか、子供にはいい顔するけど浮気性だとか、金遣い荒くて事務所とトラブルになったことあるとか、そういうの週刊誌に書かれてて、学校でも言われたりするわけ。実際——律多が稼いだ分は、親父が使っちゃってたみたい」

深晴は黙って湊介の横顔を見つめていた。普段なら、黙って聞いているだけなのを歯がゆく思うところだが、今日はむしろ黙っていたほうがいいような気がして、なにも言わなくても居心地は悪くない。ただ、胸は苦しかった。

湊介の寂しい表情を見ているのが苦しい。

「そのうちどんどん両親の仲が悪くなって、俺もしんどくなってきた。律多に仕事やめたらって言っても、『ごめんね』って返されるばっかで、母親は本気で離婚考えはじめて、スペイン戻るって言い出すしさ。もし離婚ってなったら、俺は母親についていくしかないだろうと思ってて。でも、離婚してほしくなかった。喧嘩されて家の中ギスギスするのもいやだったし、おふくろばっかり泣くのもいやだったけど、でも、いい思い出がなかったわけじゃないからさ。ばあちゃん……スペインの、母方のばあちゃんには、家族が一番大事って言われて育ってたから」

一口チョコレートを飲んだ湊介が、懐かしそうに目を細める。きっと家族の味なんだな、と深晴は思った。スパイスの効いた甘い甘いチョコレートを、弟と二人で飲んだり、したのだろうか。

「離婚も時間の問題って雰囲気になってきたのが俺たちが中学に上がる頃で、夏休みに母親と俺はスペイン行くことになって。前も話したよね。律多も仕事があったけど、休みのあいだ向こうで一緒にすごすことになってさ。俺、そこで律多に言ったんだ。芝居ならスペインでもできるって。そしたら律多は、もし離婚しても日本に残りたいって言ったんだよ。やっと子役じゃなくて俳優として仕事がもらえそうなところまできたから、このままやりたいって。そんなことしたら家族ばらばらだろって言ったけど、折れなかった。――で、喧嘩して。俺は風邪ひいて」

ぴりっ、と腕まで痺れが走った。深晴が息を呑んだのに気づいたのか、湊介はこちらを向いて微笑した。

「律多は飛行機に乗って――それっきりだったってわけ」

悲しむ権利は深晴にはないはずなのに、よじれたように胸が苦しい。湊介は微笑したまま、朗らかにさえ聞こえる声で言った。

「律多がなんであんなにこだわってたのか、今でもよくわからないよ。芝居が好きだったのはわかる。応援してやればよかったなって後悔もして……でも、この国にこだわらなくてもよかったのにって思ってた。だから逆に、俺自身も演じることに興味が出たあとは、日本で頑張ってみたいと思ったんだ。律多の気持ちに近づきたくて。夢を継ぐって言ったらおこがましいけど、名前も律多からもらった」

「名前？」

「梶湊介の梶って、律多が最後にやった役の名前だったの」

湊介は照れた仕草で頬をかいた。

「俺わりとブラコンだからさ……じゃなきゃ、リスク覚悟で日本に戻ってきたりしないよなって自分でも思うもん。俳優になりたいだけなら、スペインでだっていいし、イギリスとかアメリカのほうが世界的にはメジャーだろ。でも、日本で頑張ろうって決めたからには、覚悟はしてきたから」

「……覚悟？」

「そう」

力強く頷いて、湊介は目をきらきらさせて深晴を見た。

「昔律多がお世話になった人を頼って事務所入れてもらってるんだけど、できれば律多の兄だとか、太楽の息子だとかって目で見られたくないっていう俺の気持ちを尊重してくれてるんだ。だからまだ知らない人も多いけど、父親のことなんか、いずれすぐにわかっちゃうだろ？　壇田さんに言われたとおり、親父は離婚したあと、金銭トラブルで揉めて傷害事件で逮捕されてるから。それで事実上芸能界は引退。深晴さんもニュース、見たことあるんじゃない？」

「……そうだね。なんとなくしか、覚えてないけど」

実家ではテレビがついていたが、深晴自身は熱心に見たことがない。ただ、有名俳優の起こした犯罪ということと、直前の離婚や息子を事故で亡くしたことなどは、そういえばニュースになっていたはずだ。以前からなにかと世間を騒がせていたこともあってか、論調は冷ややかだった気がする。

「いずれ親父と直接会う機会だってあると思う。口さがない人にはあれこれ言われるだろうなってわかった上で戻ってきてるから、劇団で悪口言われるのくらいなんてことないよ」

「湊介くん――」

「……って、言えたらよかったけど、やっぱりあんまりいい気分じゃないね」

へにゃ、と崩れるみたいに湊介が笑った。

「親父のこととか律多のことも含めて、家族丸ごと悪口言われるのなんか、小学校のときにさんざん慣れたと思ってたのにさ。今日、ふつーにショックだった。同じ舞台に立つ人だから、仲良くしたいと思ってるのにな」

深晴は思わず手を伸ばした。袖を握ってもまだ足りない気がして、湊介の手を握りしめる。

「当たり前だよ。いやなこと言われたら、いやな気持ちになるよ。僕だって、学校で……トロいとかどんくさいとか言われて、そのとおりだってわかってたけど、でも悲しかったもの。あんなふうに言われたら、誰だっていやだよ。僕が聞いてただけでもいやだったのに、湊介くんならもっと……っ」

口下手な自分がもどかしい。もっと上手に慰めて、労ってあげたいと思うのに、落ち込んで寂しそうに笑う湊介を、どうしたら励ませるのかわからない。

「……もっと、つらいに決まってるもの。無理に笑ったり、しないでよ」

これじゃ自分のほうがわがままを言っているみたいだと思いながら握った手に力を込めると、湊介はその手を両手で包んで、身体ごと向き直った。

「ありがとう。深晴さんてそういうところ優しいよね」

「……全然だよ」

「優しいよ。褒めたら褒め返してくれたり、俺がなに言っても、自分のことみたいにちゃんと聞いてくれたり――すごく近いところにいてくれる」

倒れるみたいに近づいてきた湊介の額が、ぴたりと深晴の額に押しつけられる。髪を通しても体温が伝わって、どきんと胸が震えた。瞳が近い。

「……ち、近く？」

「気持ちが近くて、寄り添ってくれてるなって。……話してよかった。俺、これでまた明日からも頑張れるよ」

ほとんど囁くような声に、息がとまりそうになった。

つないだ手がぎゅっと握りしめられて、お互いに汗ばんでいるのがわかる。すり寄せるようにさらに額が押しつけられ、咄嗟に伏せたまぶたを閉じてしまうと目眩がした。強い風に吹かれて、流されていってしまいそうな感覚。

流されたい、となぜか思った。このまま遠くまで、さらわれてしまってもいい。

予感で頭の芯が痺れたようで、鼻先が触れあっても動けなかった。あたたかい吐息が唇に触れる。深晴さん、と呼ばれて、低く掠れた声にどきどきした。このままいけば唇が当たる――そうわかっていて、深晴は呼び返そうとした。

「湊介く……」

「仲がいいね、きみたちは本当に」

ぎくりと強張った深晴から、弾《はじ》かれるように湊介が離れた。

首を巡らせると、宮尾がリビングの戸口のところに立っている。笑みを浮かべてはいるが眼鏡の奥の目は厳しく、深晴は自己嫌悪にかられて俯いた。

——自分がしようとしていたことが信じられない。

湊介はなにごともなかったように立ち上がる。

「おかえり規一郎さん。深晴さんがおまじないしてくれてたんだよ」

「おまじない？」

「そ。昔弟がやってくれたやつ、俺が落ち込んでたからしてくれたの。やっぱ優しいよね深晴さん。——彼氏なのに、借りちゃってごめんね？」

直球で謝られた宮尾はかすかに顔をしかめ、それからため息をついた。

「べつに、潮北くんが合意の上ならかまわないさ。おまじないくらいはね」

「規一郎さんも俺に優しいよね。……深晴さん、チョコレートありがと。カップと鍋、洗っておくから先にお風呂入ってきなよ」

キッチンに向かった湊介に言われて、深晴はそろそろと頭を上げた。まだ、宮尾を直視できない。半分しか飲まなかった自分のマグカップをキッチンに運び、湊介の顔も見られないままリビングを出ようとすると、すれ違いざま、宮尾が腕を摑んだ。

「……っ」

竦んだ深晴に、宮尾は一瞬眉を寄せたが、すぐに笑みを浮かべると耳元で囁いた。

「あとで、おれの部屋においで」

「……宮尾さんの？」

「いいね」

返事を待たずに腕を離されて、宮尾はリビングに入っていく。湊介に話しかける声を聞きながら、深晴はバスルームに向かった。

なんの話があるのか想像はつかなかったが、謝るにはちょうどいいかもしれない。湊介はおまじないだと言っていたけれど――たぶん宮尾は、いやな気分だったはずだ。

（宮尾さんに誤解されないように、気をつけようって思ってたのに……）

バスルームのドアを閉め、深晴は唇に触れた。あたたかな吐息の感触を思い出すと、胸がざわつく。額から伝わる熱、汗ばんだ手のひら。

湊介は、どうしてキスしようとしたのだろう。

さっきのあれは、たしかにキスの前触れだった。少なくとも深晴のほうは完全に、キスされると思っていて――それでいて、動けなかった。指一本動かせなくて、むしろ動けないまま全部明け渡してしまいたいような、刹那的な衝動だった。

あんな気持ちは初めてだ。

あのままキスされていたら、どうなっていたのだろう。

「……っ」

湊介の綺麗な唇と触れあうところを想像してしまい、かあっとうなじまで熱くなった。慌てて首を振って、おかしな妄想を振り払う。駄目だ。せっかく宮尾が恋人にしてくれたのに、これではまるで湊介のことも好きみたいではないか。

そう考えたら、一瞬で熱が引いた。

「……そんなはず、ない」

顔を覆って、深晴は呟いた。そんなわけない。ずっと宮尾のことが好きだったのだ。七年間想うだけで幸せな気分になれて、心の支えだった人がいるのに、出会ってまもない、一度もそんなふうに考えたことのない友達も好きだなんてありえない。

（……きっと、混乱してたんだ）

動けなかったのは単に驚いたからだ、と深晴は考えることにした。だって、ほかに理由があるはずもないのだから。宮尾に謝ったら、さっきのあの変な感じは忘れてしまったほうがいい。

湊介はきっと、本当におまじないのつもりだったのだろう。彼がキスしたがるわけがない。ずっと女の子とつきあっていたみたいだし、深晴が宮尾を好きだと知っているのだ。熱っぽい手も吐息も、きっと勘違いだ。

（大事な友達だって、言ってくれたんだもの）

そう言い聞かせてシャワーを浴び、宮尾が風呂から上がるのを待って、深晴は彼の部屋を訪ねた。ノックをすると宮尾がドアを開けてくれ、薄暗い室内にどきりとした。間接照明だけが灯され、部屋の一角とベッドサイドだけが明るい。パジャマ姿の宮尾は深晴の手を引いてベッドに座らせると、隣に腰かけた。

横から顔を覗き込むようにして頬に手を添えられ、さあっと緊張が走る。

「あ、あの、宮尾さん……さっきの、」

「さっき？」

「湊介くんに……おまじない、……すみませんでした」

宮尾の指が頬から首筋に降りていく。触れるか触れないかの強さで撫でられ、寒気がしたように震えてしまった。無意識に身体を引きかけると、ぐっと肩を摑まれる。

「どうして謝るの？」

「み……宮尾さんが、いやな、気持ちになったかな、って……」

「湊介ときみの仲がいいのは歓迎だよ。湊介にとってもきみみたいな子が近くにいると安心できるだろうと思っていたし、湊介みたいなタイプは潮北くんには新鮮だろうと思って」

保護者とも編集者ともとれるせりふなのに、手つきだけが裏切るようだった。くすぐるように顎の下を撫でられて、喉がひくつく。でも、と囁いて、宮尾がいっそう顔を近づけた。

「あんまりくっつかれると、不思議と不愉快だ」

「……宮尾さ、……ッ」

怖い、と思った瞬間には、押し倒されていた。唇が塞がれ、のしかかる重みを全身に感じて、すうっと意識が暗くなる。

ベッドの上で押し倒される意味は取り違えようがない。宮尾はキスをしながら慣れた手つきで深晴のパジャマのボタンを外していく。身体にも触られると思うと、喜びや羞恥よりも怖さが勝った。

「んんっ……み、やおさ、……っふ、ん、んッ」

ぬるりと差し込まれた舌が触れ、背筋がぞくぞくした。腹に触れた手はゆっくり胸のほうにすべっていき、全身鳥肌が立つ。きゅっと乳首をつままれるとこらえきれなくて、深晴は首を横に振った。

「んっ、や、……いや、宮尾さんっ……そんなところ、……っ」

「おれとするのはいやなの？」

もがく深晴を体重をかけて押さえ込みながら、宮尾は声だけは穏やかだった。

「湊介とはあんなにくっついてたのに？　恋人なら普通、こういうこともするものだろう？」

「……それは、」

そうなのだろう、と頭では理解できていた。でも気持ちがついていかない。

宮尾のことが好きで、恋人になれたらと想像したことはあっても——こんなふうに生々しい行為を考えたことは、一度もなかった。

せめてもう少し待ってほしかったが、たとえ今だけでも「いやだ」と言えば宮尾を傷つけそうで、声が出せない。

宮尾は薄く笑った。

「いやだって言わないなら、続けるよ」

「……っ、ん、……んーっ……」

しっかり唇を重ねられ、口の中を舐められる。そのあいだに宮尾の両手は腰に回り、パジャマのウエストから忍び込んで、下着の中まで入ってきた。指が尻に食い込んで、きつく閉じたまぶたの裏で火花が散った。

「……っ、ん、はぁっ……、待っ……、ん、く、」

下着をずらされるのが燃えるように恥ずかしい。膝までパジャマも下着も下ろすと、宮尾はそこを持ち上げるように触れた。やわらかく力のない性器を、陰嚢《いんのう》ごと包まれる。

「み、宮尾さん……っ」

弱い部分を摑まれると、いっそう身動きが取れなかった。怖くて逃げたいのに、深晴はただ小刻みに震えて下半身を見下ろした。宮尾はふにふに揉んだあと、ゆっくりと指を幹に絡めてくる。

「宮尾さんっ……僕、……まだ、……っ、あ、あ！」

まだできません、と言ってしまいそうになった途端、目立たないくびれの裏側をいじられて、深晴は背中を丸めた。痛いほど強い刺激が性器を貫いて、直後には熱をともなって拡散していく。

「いっ……あ、や、あっ……っ、ん、ん、やっ……」

怖くていやだ、と思っているはずなのに、そこをいじられるのはたまらなかった。的確に敏感な部分ばかりをこすられて、たちまち分身が硬くなっていく。熱い、と感じて深晴は泣きたくなった。こんなのは知らない。

たまにしかしない自分での行為よりも、何倍も強烈な感覚だった。

「宮尾さっ……手、はなし……っ、はなしてっ……、あ、……ッ」

「濡れてきちゃったね。我慢しないでいいよ」

休みなく深晴の性器を愛撫《あいぶ》しながら、宮尾は耳に口づけてくる。

「潮北くんがいくところ、見せて？」

「——ッ、や、……そんな、できません……っ」

「でも、おれのことが好きなんだよね？」

「——あっ、い……っ、あ、あ！」

鈴口をくりくりといじられて、強すぎる痺れに身体がしなる。気持ちいいのを通り越して痛いのに、そこからはどんどん体液が染み出してきて、しごく宮尾の手を汚している。

「おれのことを好きじゃないならやめてあげてもいいよ」

ちゅっと耳たぶが吸われた。ぶるりと震え、深晴は唇を噛んだ。——言えるわけがない。

「……き、です」

「うん？　聞こえないよ」

「好き……です。宮尾さんが……ずっと、」

好きなはずだ。ただ、こういう行為が初めてだから混乱しているだけ。いやなわけじゃない。不安があるだけで、ちゃんと好きだ。

自分に言い聞かせるように「好き」と繰り返すと、宮尾がまた耳にキスした。

「おれもだよ。——ほら、いってみせて？　今日はそれだけにしてあげるから」

「んっ……、はい……、……っ」

自分だけ極めるのも恥ずかしいが、これ以上はないのだ、と思うと少しだけほっとした。みっともない声がこれ以上漏れないよう、口元に手を当てる。宮尾はもの言いたげに目を細めたが、咎めはしなかった。かわりに、リズミカルに性器をしごきはじめる。

「……ふっ、……ん、……はぁっ……」

くびれを指の輪が掠めるたびにくちゅくちゅと音がたつ。締めつけられると勝手に腰が浮き、出口を求めて揺らめいた。

それを宮尾が見ているとわかっていても、もうとまらなかった。覚えのある射精感が奥からこみ上げて、どっと噴き出していく。

「んん――っ！」

全身から熱が吸い出されていくような、喪失感をともなう快感だった。数秒なにも考えられなくなり、それから、放出後の気だるいいたたまれなさがやってくる。深晴は目を開け、自分が宮尾の手に放ったことに気づいてひやりとした。

「すみません……僕、……手に、」

「手に出してほしかったからいいんだよ」

宮尾はティッシュで汚れた手を拭くと、元どおりに下着を直してくれた。起き上がろうとすると、そっと肩を押さえられる。

「今日はここでおやすみ」

「ここでって……い、一緒に、寝るんですか？」

「当たり前だろう。恋人なんだよ」

宮尾は深晴の隣に身体をすべり込ませると、首の下に左腕を差し入れた。腕枕をし、右手で深晴を抱き寄せて、短く唇を吸う。

「初物好きだと思ったことはないけど、きみに触れたのはおれが初めてだと思うと嬉しいな」

鼻先にも、額にもキスされて、深晴はどうしていいかわからずに目を伏せた。ついさっき彼の手で達するところを見られたばかりな上、こんな抱きしめられた体勢では、とても眠れそうにない。せめて少しでも身体が離せないかと身じろぐと、宮尾は余計に抱き寄せてくる。

「これからは、できるだけ二人で寝よう。エッチなことにも慣れてもらいたいからね」

「……宮尾さん」

「もちろん、きみがいやだって言うなら、遠慮してもかまわないけど」

そう言われると困る。黙り込むと、宮尾はゆっくり髪を梳いた。

「本当はいやで、湊介とするほうがいいのかな？」

「——違います」

心臓のあたりがちくちく痛んで、深晴は宮尾の肩先に顔を寄せた。

「湊介くんとは……そんなんじゃ、ないです」

「それならいいんだ。おやすみ」

優しく撫でた宮尾は頭にもキスして、ベッドサイドの灯りを消した。寒くないように布団をかけ直す仕草も優しくて、腕の中はとてもあたたかい。

あたたかいのに、どうしてか寂しかった。部屋の外で湊介はどうしているだろう。宮尾の部屋を訪ねたきり出てこないのを、不審に思ったりしていないだろうか。最中の声が、隙間から漏れたりしていないといいのだけれど。

眠れそうにない。

きつく目を閉じても、身体から力を抜こうとしてもうまくいかない。宮尾さんが好きなのに、と思うと涙が滲みそうになって、深晴はひっそり息をついた。大好きな人に抱きしめられて眠るだなんて、最高の贅沢《ぜいたく》のはずだ。なのになぜこんなに、なにかをなくしたみたいに寂しいのか。

サイズの違う服を無理やり着ているみたいに違和感があって、こんなはずじゃなかったと――後悔めいた気持ちになるのは、どうしてなのだろう。


翌朝、宮尾も湊介も、なにごともなかったかのようにいつもどおりだった。

朝までろくに眠れなかった深晴だけが、宮尾の顔も湊介の顔もまともには見られなくて、朝食の席はひどく気まずかった。

食事が終わると、支度を整えた宮尾が玄関から呼んだ。仕事のことかと慌てて行くと、宮尾はふっと微笑んで腰に手を回してくる。

「行ってくる」

「……行ってらっしゃ、んむっ……」

改めて挨拶なんてどうしたんだろう、と思った直後に唇を塞がれて、ざっと全身が熱くなる。食《は》むように何度か角度を変えてキスした宮尾は、終えると頭を撫でてくれた。

「ネーム、早めにまとまるといいね。それじゃ」

「………行ってらっしゃい、です……」

出ていく宮尾を見送って、深晴はたえきれずにしゃがみこんだ。行ってらっしゃいのキスなんて、それこそ漫画でしかしないものだと思っていた。

「……仲のいいカップルみたい……」

照れくさい気持ちが喜びまじりならよかったのに——呟きながら、自分が少しも浮かれていないことに気づいてどんよりする。気持ちが、急に変わりすぎた距離感についていけないだけだとは、思いたいけれど。

「ほんと、ラブラブ新婚さんって感じだね」

「っ、湊介くん？」

はっとして振り返ると、リビングから湊介が顔を出していた。にっ、といたずらっこみたいに彼は笑う。

「見たぞ〜。めっちゃキスされてたじゃん」

「見っ……見る、のは、反則だと……思う……」

言い返しながら、むしろ見られるところでキスするほうが反則だなと思ったが、湊介はからりとしていた。

「あれはたぶん、規一郎さん的には見せたんだと思うよ。おれたちこんなにラブラブだからなって」

「ご、ごめんね」

「なんで謝るの。気にしないでよ、深晴さんと規一郎さんは恋人同士なんだからさ」

ほらほら立って、と深晴の手を引っぱった湊介は、励ますように背中を叩いてくれた。

「深晴さんお疲れみたいだし、日本茶淹れよっか？」

「……うん。ありがとう」

ほっと強張った肩から力が抜けて、深晴はリビングに戻ってお茶をもらった。斜め向かいの位置に座って、湊介は楽しそうに瞳をきらめかせた。

「規一郎さんてさ、俺が思ってたよりずっと、深晴さんのこと好きなんだね」

「——そう、思う？」

微妙に戸惑いの滲んだ深晴の声に、湊介はくったくなく頷いた。

「やきもち焼くって、独占したいってことだから、そんだけ好きってことでしょ。あの人、深晴さんのことは甘やかしてあげたいんだなーって、新鮮な気がした」

「新鮮？」

「規一郎さんて、どっちかっていうとべたべたしないつきあいが好きなんだと思ってたからさ。面倒見はいいけど、俺とか律多にも甘いわけじゃなかったし——でもだからこそ、きっと深晴さんは特別なんじゃないかな」

「……そうなのかな」

深晴は昨日の夜を思い出した。たしかに、大事にはされている。何度も好意を確認されたのも、やきもちからだと言われたらそうなのだろうと思う。思うけれど——嬉しいはずの宮尾の言動が、今朝になってもやはり寂しく感じられた。

そうだよ、と力強く請けあった湊介は、改めて、というように居住まいを正す。

「だから昨日はごめんね。ちょっと深晴さんに甘えすぎちゃって、規一郎さんにも深晴さんにもやな思いさせたなって反省してる」

「そんな、湊介くんは悪くないよ」

昨日の湊介は弱音をはいても仕方のない日だったのだ。もし非があるとすれば自分にだ、と深晴は思ったのだが、湊介はゆるくかぶりを振った。

「ありがとう。でも、もう甘えないほうがいいよね。――自分のマンション、帰るよ」

「えっ？」

「深晴さんもプロットできたんでしょ？　ストーリーができたなら、俺が近くにいなくても作業には困らないだろうし、二人の邪魔したら悪いから。ほら、俺がいたら思う存分いちゃいちゃできないでしょ？」

「じ、邪魔じゃないよ！」

おどけたように笑ってみせる湊介に、深晴は焦って身を乗り出した。

「湊介くんを邪魔だなんて思ったことないし……帰るなら、僕も帰る。もともと、スランプ対策で同居しようってことになってたんだから、僕だけここに残るのもおかしいもの」

「いやいや、深晴さんは規一郎さんの恋人になったんだから、むしろ二人で一緒にいたほうがいいでしょ。規一郎さんも、深晴さんには帰らないでいてくれって言うと思うよ？」

「でも……それじゃ」

それは困る。宮尾と二人きりになるのは、今のままでは困る。せめてもう少し、自分の気持ちが慣れるとか――そう考えて、慣れる日なんて来るのだろうか、という思いが一瞬よぎった。

慣れて、昨晩のような行為も自然と受け入れられる日が、来るのだろうか。

全然わからない。深晴はすがるように、ずっとにこにこしている湊介を見つめた。

「僕、湊介くんと……宮尾さんと、三人で暮らすの、楽しいって思いはじめたところなんだ。一緒にごはん食べたり、コーヒー淹れてもらったりして……話もちゃんと、たくさんできて。実家では、食事のときも僕だけ一言も話さないのが当たり前で、ずっと気づまりだったのに、湊介くんたちとだと、ああ楽しいなって……寂しくないなって、思って。家族じゃないのに、家族みたいで、楽しいんだよ」

「……そっか」

「だからもうちょっと――湊介くんに、いてもらうのは、駄目？」

湊介は一瞬寂しげな顔をした。それを隠すように、明るい笑い声をたてる。

「深晴さんも、家族と一緒に仲よく暮らしたい人なんだね」

不自然なくらいの明るさだった。

「俺もそうだから、気持ちはわかるけど。……でも、それだと俺は弟だよね」

緑がかった目だけが少し悲しそうで、締めつけられるように身体が痛んだ。駄目だよ、と言われるのが予想がついて、言わないで、と願う。

（行かないでよ）

「深晴さんのお願いは叶えてあげたいけど――やっぱ俺、魔法使いにはなれないなあ。ごめん」

　立ち上がった湊介は背中を見せてキッチンにカップを運んでいく。口調はしんみりしているように聞こえたが、戻ってきたときにはまた、陰などどこにもない、明るい笑みを浮かべていた。

「新作、できたら一番に読ませてもらおうと思ってたけど、二番目でもいいや。楽しみにしてるね。頑張ってよ」

「……ほんとに、帰っちゃうの？　いつ？」

「今日か明日かな。規一郎さんには言っておく。……帰っても友達は友達だもん、ずーっと応援してるし、困ったことがあったらいつでも連絡して」

　伸ばしかけた手を一度引き、湊介は行きかけて、結局後ろから深晴の髪に触れた。

「深晴さんが頑張ってるって思ったら、俺もお芝居頑張れるから、次会うときは」

　ひそやかなため息の混じる声。

「……次会うときは、深晴さんのこと困らせないから、今だけごめんね」

　ぎこちなく撫でられた頭のてっぺんに、そうっと唇が押し当てられる。

「深晴さんのこと、好きになってごめん」

「――！」

　はっとしてしまった深晴の身体に、湊介はゆるく手を回した。どっと鼓動が速さを増して、深晴は小さく震えた。

「冗談……だよね？」

「冗談だったら、よかったんだけどね。規一郎さんがいるから駄目だと思っても、毎日どんどん好きになってくんだ」

「……湊介くん、僕――」

「だから、出てくね。――規一郎さんより先に、俺が深晴さんと出会えたらよかったのに」

深晴はぐっと喉元を押さえた。そうしていないと、わあっと声をあげてしまいそうだった。

湊介の手は強く抱きしめることなくほどけ、名残を惜しむように髪をすべり、耳に触れて離れていく。じゃあまたね、と言った小さな声は朗らかにさえ聞こえて、どうして、と思う。

どうしてそんな、律多のことを話すのと同じ、明るいのに寂しい声で言うんだろう。まるで深晴の答えが要らないみたいに。深晴が、湊介を傷つけているみたいに。

（……みたい、じゃなくて、傷つけてるんだ。僕が、宮尾さんを、好きだから）

なにか言おうと唇をひらきかけ、けれど言葉は出なかった。言える言葉があるはずもなく、叫び出したいような衝動があるのに、実際にはため息しか出てこない。

黙って固まっているあいだに湊介は静かに出ていって、それでも深晴はしばらく椅子から動くことができなかった。

嵐みたいに胸がどきどきしている。

（どうしよう……）

好き、と言ってくれた湊介の気持ちが――本気さが、伝わってきただけに困ってしまう。

宮尾にも、湊介にも、どんな顔で向きあえばいいのか、全然わからなかった。

湊介の言ったとおり、自分も出ていくと言った深晴に、宮尾は「このままでいい」と言った。恋人なのだから一緒に住んでくれたほうがいい、せめて約束だった新作の漫画が仕上がるまではここで暮らしてくれと言われれば反論できなくて、深晴はひとり、宮尾のマンションに残ることになった。

湊介に好きだと言われたことは、もちろん宮尾には言えなかった。

黙っているという後ろめたさと告白された衝撃は、尾を引いていつまでも消えなかったけれど、ネームだけは順調に進んだ。できるだけ早く同居を解消していったん落ち着きたかったというのもあるが、一番効いたのは、「俺も頑張るから」という湊介の言葉だった。

頑張る、という言葉にふさわしいだけのことを、今まで自分はしてきただろうか。それなりに努力はしてきたつもりだけれど——迫力のあるあの稽古風景を思い出すと、自分の努力などまだまだだと思えた。もっとできることがあるはずだ、と考えて資料を当たっているうちに、曖昧だったイメージはどんどん鮮明になり、いつになく早くネームが仕上がったのだった。

線画まではアナログで作業する深晴は、原稿用紙の前でネームとは別の紙を広げた。最初に描いた魔法使いの格好の湊介だ。本人がいなくなってからは、これがほとんどお守りのようになっていた。

(次会ったら、湊介くんにちゃんと伝えなくちゃ。ありがとうって言って、でもごめんなさいって……せっかく好きになってくれたのにごめんなさいって)

深晴の結論を伝えたら、また悲しい顔をさせてしまうのだろうと思うとつらい。だって、湊介のことが嫌いなわけではないのだ。幾度考えても湊介は、深晴にとってたしかに大切な存在だった。

この絵を見るたび、静かな高揚感を思い出す。まばゆい夜に鮮やかな色、自然と空想が広がっていく、あの感じ。

賑やかなフラッグガーランドに飾られた魔法使いを眺めて、今日はもう少し描けるかな、と考えていると、リビングのドアが開く。

深晴は急いで紙をたたんだ。さすがに、宮尾に見られるのは気まずい。

近づいてきた宮尾は、自然な仕草で深晴の頭を撫でた。

「今日はまだ仕事する？」

低く甘い響きは合図だ。恋人としての過ごし方を要求する合図。

湊介が出ていってから半月、さすがに毎晩ではないが、宮尾は深晴を誘うようになっていた。抱き寄せられ、ベッドに連れこまれて、身体のあちこちに触られる。深晴が翌日バイトがない日は必ず、射精するまで追い上げられるのが常だった。

今日もするのだ、と思うと、どうしても小さくため息が漏れる。

「――今日は、もうおしまいにします。わりと順調なので」

もう少し描きたい、と言えば宮尾が了承してくれるのはわかっていた。だが、だからこそ言い出しにくい。一緒に過ごすよりも仕事がしたいのか、と思われたくなくて、手早く原稿用紙と画材を片づける。宮尾はソファに座って深晴を眺めた。

「仕事の邪魔をする恋人にはなりたくないと思っているんだけど、これじゃ妨害していると思われても仕方ないな」

「描くのは……宮尾さんが仕事に行っているあいだでも、できますから」

「そう言ってもらえると嬉しいよ」

おいで、と呼ばれて、深晴は戸惑って振り返った。いつもなら寝室に行くのに、宮尾は立ち上がる気配がなく、再度手招いてくる。

ソファは、湊介がベッドがわりに使っていたものだ。いやだな、とちらりと思い、それでも深晴は宮尾の隣に座った。肩を抱く彼のほうに顔を向け、促されるまま顎を上げる。二度ついばんで舌を絡めると、宮尾は頬を撫でた。

「後ろに倒れて、仰向けになってごらん」

「……こ、ここで、するんですか？」

「ベッドでするとどうしても長くしてしまうからね。明日も原稿、描きたいだろう？　火曜日みたいにぐったりさせるのは可哀想だ」

かるく押されて倒れこみ、深晴は赤くなった。今週の月曜日——初めて、後ろに触られた。たっぷりのジェルを使って指を挿入され、痛みはなかったものの、慣れない感触に翻弄された深晴は、火曜日の朝、かるく発熱してしまったのだった。

宮尾には「知恵熱かな」と言われたが、宮尾と同じベッドに入るせいで熟睡できていなかったのも原因のような気がした。結局火曜日は、せっかくの休みだというのにあまり原稿が進まなかった。

内側を探られるえも言われぬ違和感を思い出し、自然と手足が緊張してしまう。

「今日も……また、あれ……す、するんですか？」

「もちろんだよ。早く慣れてもらってつながりたいからね」

パジャマのボタンを外してはだけさせ、下半身もするりとむき出しにして、宮尾は太ももに触れてくる。

「下にクッションを入れてあげるから、お尻を上げて」

「っ……で、電気、」

夕方からつけっぱなしの照明が煌々《こうこう》と明るい。せめてもう少し暗くしてほしかったが、宮尾は眼鏡の奥で目を細めただけだった。

「きみを傷つけたくないからね。明るいほうが都合がいい。——足を、もっと広げて」

クッションを使って腰から下を持ち上げられた格好で、さらに片足をソファの背にかけるよう導かれて、深晴は座面に爪を立てた。丸見えの体勢が恥ずかしくて息が上がる。深晴の足のあいだに割り込む位置に陣取った宮尾は、微笑を浮かべて胸に触れた。

「ここが尖ってる。まだ緊張してしまうのかな。それとも——」

「ッ、……ふ、ぅっ」

「乳首も、気持ちよくなってきた？」

つままれた乳首がじぃんと痺れ、深晴は曖昧に首を動かした。痛みをともなう痺れが、快感なのかどうかよくわからない。そこをいじられ続けるとじんわりと下半身が熱を持つ以上、きっと気持ちいいと感じていると思うのだが——性的に高まっても、身体の芯に鉄の棒でも差し込まれたように力を抜くことができない。

弾力をたしかめるように指先でこね回した宮尾は、ぷくんと赤くなった乳首を口に含む。濡れたあたたかい感触に包まれ、ちゅるりと吸われると、震えが身体を駆け抜けた。

「ふっ……ん、はっ……、ン、」

「声を我慢すると苦しいだろう。出していいんだよ」

宮尾が舌で乳首を転がしてくる。かぶりを振りかけると、きゅっと歯を立てられた。

「っ、い、……あッ、……あ、ふぅっ」

「そうそう。そうやって声を出して、リラックスして？」

丁寧に乳首を舐めながら、宮尾は手を肌に這《は》わせていく。脇腹から腰へ、背骨から尾てい骨のほうへ。撫でるようなタッチで触れ、深晴の身体が本能に引きずられるのを辛抱強く待つ。分身が触れられなくても芯を持ちはじめるとようやく、そこに指を絡めた。

握られてびくんと腰が跳ねてしまうのをあやすようにしごかれて、深晴は自分が勃起《ぼっき》していくのを、悲しいような気分で感じた。反応するなら、身体のこの強張りもとけたらいい。心の底から幸せに浸って、愛される喜びを受けとめたい。

人生で一度くらいは、と願っていた両思いだ。挿入こそないものの、この行為だって十分にセックスで、そんなことまでできるくらいの間柄ならもっと舞い上がって、なにも考えられないほど幸福なのだと思っていた。

頭をもたげた深晴の性器を、宮尾は愛しそうに眺めている。露《あら》わになった根元から奥の窄《すぼ》まりまで指をすべらせると、ジェルの蓋を開けて中身を絞り出す。

「ゆっくり息をして、力を入れないで」

穏やかに指示を出し、窄まりに指をあてがった宮尾は、深晴の呼吸にあわせて中へと入れてきた。たっぷり潤いをまとった指は狭い穴にもやすやすと入り込み、痛みのかわりにもどかしいような違和感をもたらした。

「……っん、く、……ぅっ」

「だいぶスムーズに入ったよ。根元まで入れたの、わかる？」

「……ッ、あ、わ、わか……りま、す、……っ、あ、あッ」

ぐっと手が股間に押しつけられて、奥まで響く異物感にかくりと顎が上がった。短い息がはあはあと漏れる。内部は熱く感じるのに、肌は寒気を覚えたように粟立《あわだ》っていた。慣れなきゃ、と深晴は内心で自分に言い聞かせる。

慣れなければいけない。恋人同士なら、こういう行為も喜んで受け入れて、幸せを感じるはずなのだから。

(宮尾さんのこと、好きだもの)

息を殺して身構えると、宮尾の手がとまった。かわりに、ちゅ、と膝にキスされる。指がつらくないスピードでそっと抜かれて、深晴は彼を見上げた。

「……宮尾、さん？」

「やっぱりかなり苦しそうだね。無理をするのはやめておこう。……こっちだけ。せっかく感じてくれたからね」

キスを繰り返して上げていた足を下ろしてくれた宮尾は、深晴の性器に触れてくる。ほっとしてしまいながらも、深晴は首を左右に振った。

「あのっ……そこも……だ、大丈夫なので。それより、宮尾さんが——その、」

「おれはいいよ、気にしないで」

「……っふ、でも……いつも僕、だけ……ン……っ」

強弱をつけてしごく宮尾はすっかり深晴の弱点を知りつくしていて、あっというまにあとに引けないほど硬くなっていく。滲んできた先走りを先端に塗り広げながら、宮尾は頬に口づけてくれた。

「潮北くんがおれに触りたくてたまらなくなるまでは、無理しなくていい」

「でも、……あッ、……ぅ、……ッ」

「それより、気持ちよくなるのに慣れてくれたほうが嬉しい。もっと安心して、いっぱい感じてほしいんだよ。——してもらわないと眠れない、っていうくらいね」

「ん……みや、おさ、……っ、ぅ、んんっ」

唇にキスされ、絞るように強めに先のほうばかりをしごかれる。どっとこみ上げた射精感は抗《あらが》いようもなく、まただ、と思いながら深晴は達した。放出された飛沫《ひまつ》がぐちゅぐちゅと彼の手のひらで音をたてるのを、やるせない気分で聞く。

また、だ。毎回、宮尾に触れられ、エッチなことをされるのに、それはいつも一方的な行為だけで終わってしまう。同じように手でしてほしいと頼まれてもうまくできるとは思えないし、積極的にしたいと思っているわけではないけれど――自分だけ、というのはいたたまれない。

（宮尾さんは、これで本当にいいのかな……）

デートだってお互いが楽しむものなのに、愛しあう行為ならなおさら、二人とも楽しめなければ意味がないはずだ。

名残惜しげに下唇を吸って、宮尾が離れていく。汚れた手を拭き、あたたかいタオルで深晴の下半身も拭いてくれるのを、深晴はおとなしく受け入れた。

「……なかなか、慣れなくてごめんなさい。宮尾さんのこと好きなのに」

宮尾の表情は穏やかだが、それに甘えてはいけない気がする。小さな声で謝ると、宮尾は一瞬手をとめた。真意を探るように眼鏡越しに視線がそそがれ、見つめ返すと優しい微笑が返ってくる。

「謝らなくていいよ。おれのほうが急ぎすぎてるんだと、自覚はしているから。――きみが寂しそうにしているから、つい、ね」

パジャマを直し、深晴を座らせると、宮尾は横に来て抱き寄せた。

「湊介から連絡が来ないんだろう？」

「――はい。きっと、忙しいんですよね」

「メッセージのひとつや二つが送れないほど忙しいなんて、滅多にあることじゃないと思うけどね。潮北くんからは？　連絡した？」

「……いいえ」

何度かメールをしようかと考えてはみたのだが、いざとなるとなにを言えばいいかわからなかった。返事は直接顔を見て言うべきだと思うし、かといってほかの話題は見つからない。好き、と打ち明けてくれた相手と、どういう会話を、どういうノリですれば傷つけないのかなんて考えたこともなかった。迷ってしまうとありきたりの内容でさえ不自然な気がして、結局連絡できないままだった。

「雨……最近続いてるから、体調崩したりしてないかなって……思ったり、するんですけど」

「心配？」

尋ねられ、頷いてもいいものかどうか迷う。だが、それほど仲のよくない友人でも、心配くらいはするはずだ。深晴は小さく顎を引いた。宮尾はくすりと笑うと顔を覗き込んでくる。

「じゃあ、明日にでも家に呼ぼうか。明日ならおれも少しゆっくりできるから、久しぶりに二人にうまいものでも作ってあげるよ」

「よ……呼ぶんですか？」

「あれ、いやなの？」

無意識に顔をしかめたのか、宮尾は意外そうな表情になった。

「あいつに会えるって喜んでくれるかと思ってたんだけど、会いたくない？」

「……いえ。会いたくないなんて、そんなこと。嬉しいです」

深晴はなんとか笑みを浮かべてみせた。嘘はない。告白の返事をしなければ、と思うとどうしても気持ちは沈んでしまうけれど、湊介に会いたくないわけではなかった。――むしろ、声だけでも聞きたい。

宮尾は探るような目つきで見つめたあと、深晴の頭をいつものように撫でてくれた。

「湊介といちゃいちゃしてほしくはないけど、ぎくしゃくしてほしいわけでもないんだよ、おれは」

「――宮尾さん……」

「潮北くんにはちょっと酷なことを言ってしまったね。ごめん。明日、湊介の予定があいてるといいんだけど……先にベッドに行ってて。湊介に電話したらおれも行くから」

「――はい」

すみません、と謝りそうになり、それも変かと思い直した。言われたとおり寝室に向かいかけ、スマートフォンを取り出した宮尾を振り返る。

「宮尾さん」

「うん？」

ゆるめの返事は親しげなトーンで、やっぱりこの人が好きだなと思う。好きなはずだ。たぶん好きではないああいう行為をされても、嫌いにはなれないくらい。

「……宮尾さんが、好きです」

嫌いじゃないんです、と伝えたくてそう言うと、宮尾は困ったように笑って手を上げた。

「わかってるよ」

そのまま背中を向けるようにして電話をかけはじめる宮尾の背中を数秒見つめ、深晴は寝室に向かってベッドに入った。せめて今日こそ、ぐっすり眠れるといいのだが、眠いはずなのに目が冴えている。気分は幸せとは言いがたく、枕に頭を乗せるとため息が出た。

両思いで愛されていて寂しいなんて、きっとそのうちばちが当たる。なのに——いくら自分に言い聞かせても、寂しい気持ちはなくならなかった。


翌日から二日間、湊介は泊まりにくることになった。

「なにこれめちゃくちゃおいしいじゃん！」

稽古を終えて帰宅した湊介は、テーブルいっぱいに並んだ宮尾の手料理を前にして、以前以上に元気だった。ハンバーグを頬張る湊介に、宮尾が兄のような顔で笑う。

「ハンバーグを焼いたあとのフライパンでソースを作るんだよ。本格的でうまいだろ」

「ソースもだけど、ハンバーグもおいしい。あとこの、つけあわせのほうれん草がうまい……」

「おまえ、ちゃんと食べてるのか？」

「一応はね。稽古にあわせて体力作りしてるから、気をつけてはいるけど、やっぱひとりだと凝った料理とかしないから、こういうの久しぶり」

「じゃあしっかり食べていけよ」

たっぷりの白飯を口に入れて咀嚼し、湊介は感激したように宮尾のほうを見る。

「泊まりにこいって言われて、規一郎さんドSなとこあんなーって思ったんだけど、訂正するわ。めっちゃ優しい。それに、やっぱりここ落ち着くね。三人で食卓囲むと、なんだかほっとする」

宮尾さんがドS？　と深晴は首をひねったが、後半は同意するしかない。ひとり増えただけなのに食卓の賑やかさは段違いで、なごやかな雰囲気に深晴は拍子抜けするほどだった。

湊介は驚くくらい普段どおりで、深晴に対しても気まずそうな素振りひとつ見せない。

「体力作りって、なにしてるんだ？」

ポテトサラダを口に運ぶ宮尾も穏やかな表情だ。深晴だけがそわそわと落ち着かない中、湊介は得意げに腕をまくった。

「低カロリー高たんぱくのメニューを教えてもらって、できるだけそれを中心に食べて、筋トレもしてる。ほら見てよ、筋肉」

ぐっと拳を握って力を入れた二の腕はたしかに逞《たくま》しい。見学した稽古だけでもあの運動量だったのだから、一回の公演で使う体力は相当なものなのだろう。

「この腕かっこよくない？」

「自分で言うと半減するぞ」

「もう、ちょっとは褒めてよ」

湊介は顔色もよく、疲れた様子もない。むくれたふりをするのも楽しそうで、まるでぎくしゃくしたことなどないかのようだ。

(自然すぎて、逆に不自然なくらい)

そう思い、宮尾に余計な心配をかけたくないから、敢えて普通に振る舞っているのかもしれないと気がついた。

だとしたら、深晴だけぎこちないのも申し訳ない。

「本番は五月だから、規一郎さんも、深晴さんも観にきてよね」

明るい笑みを向けられて、深晴はこくんと頷いた。意識して微笑む。

「絶対行くよ」

「おれも楽しみにしてる」

「じゃチケット、二人分用意しておくね」

湊介はほっとしたような表情になった。ますます明るく、劇団の中で仲のいい人ができたことや、ランニング中に会う散歩中の犬のことなどを楽しそうに話すのに耳を傾け、なごやかに食事を終える。

ごちそうさま、と言った湊介が、持参したバッグの中から大きな箱を取り出した。

「これ！　二晩泊まっていいって規一郎さんが言うから、深晴さんとやろうと思って買ってきたんだ」

「なに？　……ジグソーパズル？」

「ニュージーランドの星空だって。二千ピースあるから、作り甲斐ありそうだろ？　明日は俺が休みだし、火曜日は深晴さんが休みだから、頑張れば完成させられると思うんだ」

「へえ、ほとんど星空だけのパズルか。難易度高そうだな」

箱に印刷された写真を見て、宮尾は懐かしそうな顔をした。

「学生の頃はよくやったな。片づけはおれがやるから、二人で作るといい」

「えっ、後片づけくらいは俺がやるよ」

「いいんだ。今日は日頃頑張ってる二人に英気を養ってもらいたくて呼んだんだから」

「規一郎さんだって頑張ってると思うけどなー。でも甘えちゃお」

嬉しそうに頰を染めて湊介は笑い、深晴を振り返った。

「さっそく開けてみよっか」

「――うん」

どきりとしながら頷いて、深晴はそっと深呼吸した。――うまく言えるといいのだけれど。

すでに箱を開けて床にピースを広げはじめている湊介の向かいに、こんもり山になったピースを挟んで腰を下ろす。

「ジグソーパズルって、やったことないんだ」

「そうなんだ？　じゃあもうちょっと簡単なのにすればよかったかな。せっかくだから星空がいいと思ったんだけど。――まず、この枠に当たる部分を探して分けてからやるんだ」

湊介は真っ黒なピースと箱を比べて見せてくれる。改めて見ると、雄大な山々のシルエットの向こうに星空が広がる景色が美しい。かつて深晴が魔法使いに見せてもらった星空よりも、もっと賑やかで派手な雰囲気だ。

「……ほかの絵柄じゃなくて、星空にしてくれたんだね」

「やっぱり俺も魔法使いになりたくて」

緑がかった瞳がいたずらっぽく輝いて、綺麗なウインクを送ってくる。

「この前は、突然ごめんね」

彼のほうから切り出され、ぎくりとしてしまった深晴に、湊介は優しい顔をした。

「困らせたくないって思ってたのに、悩ませちゃったよね。返事を期待してたわけじゃないから、忘れてくれていいよ」

「——でも、僕、ちゃんと言わなきゃと思ってて」

忘れるだなんて、と思うと胸がちりちりした。それはずるい気がするし、なかったことにしてしまうのは、なんだか寂しい。

「ありがとね、深晴さん。ちゃんと考えてくれて嬉しい。でも、深晴さんが規一郎さんを好きなのは、よーくわかってるから、言わなくても大丈夫」

「湊介くん……」

「仲直りっていうのも変だけど、友達に戻るしるしに一緒にジグソーパズル作って、そのあいだに忘れちゃってよ」

にこっと曇りのない笑みを向けられて、かなわないなと思った。湊介は、とても優しい。

「わかった。……あの、ありがとう」

「こちらこそ」

湊介はもう一度優しい笑みを浮かべてみせると、ピースをかき混ぜた。

「深晴さんがやりやすいように、俺側が上ね。枠のピースのほかは、空のピースと、この山のピースと、稜線の左右で色が違うやつで分けようか。空も、星が多いところと少ないところで分けると早そうだね」

「これとか？」

「そうそう」

膨大な数のピースを見ているとやたら難しそうだったが、分類しているうちになんとなく色の違いやかたちで区別がついてきて、枠の部分がいくつかつながっただけでも楽しくなってきた。

「このオレンジ色が入ってるの、右側のか左側のか、どっちかなあ」

箱と見比べて悩むと、「どれ？」と湊介が移動してくる。

「右っぽいかな……まあ違っててもあとでわかるし、右の山に入れておこっか」

「うん」

そのまま隣に座り、湊介は選《え》り分けた枠のピースを慎重にはめていく。

「南半球って行ったことないんだけど、こんなに綺麗な星空が見られるんだったら、ニュージーランド、行ってみたいな」

「僕も、ちょっと見てみたい。船でもニュージーランドまでの便ってあるのかな？」

「なくはないと思うけど、そのときは頑張って飛行機にする」

「——乗るの？」

深晴は手をとめて湊介の横顔を見つめた。気づいた湊介が視線を上げて、にっ、と笑う。

「乗るよ。星空ツアー、企画したら深晴さんも行ってくれる？」

「……行く。飛行機、隣に乗って、おまじないして……耳も塞いでおいてあげる」

そうしたい、と強く思った。湊介と一緒に飛行機に乗って、遠い異国で星空を見たら、きっととても楽しい。

行きたい、と呟いたら湊介は照れたように視線を逸らした。

「そのときはよろしくね。——枠のピース、あと三個くらいあるはずなんだけど」

「見つけたら渡すね」

二人で旅行に行ったら、このパズルとよく似た星空が見られるのだと思うと、ピースを探したり分けたりするのも熱が入る。

だが、前のめりになってたくさんのピースを凝視しているうちにだんだん眠くなってきた。あくびが出そうになってかみ殺し、集中しなくちゃと首を振ったが、二、三分も経つとまたすうっと眠気が襲ってきた。

（……ずっと、寝不足だからなあ……でも、せっかくパズルしてるのに、寝るのもったいない）

何度もあくびをこらえたせいで涙が滲んだ目元を拭うと、湊介が隣から覗き込んだ。

「深晴さん眠そう。今日はここまでにしとく？」

「ん……大丈夫。もう少し、やろうよ」

なんとか笑ってみせて、ピースを拾い上げた。真っ黒に、小さな星がひとつ。

「……星が、少ないやつ……」

たしか左のほうに分けるんだった、と思いながら手を伸ばし、空のピースの山に載せると、今度こそあくびが出た。ふにゃ、と身体が傾いで、まぶたが重くなる。

「……深晴さん？」

大丈夫だよ、と深晴は返事した。ほらまだ、起きてるもの。眠いけど、ちゃんと座ってるから、大丈夫。パズルだって作れる。星空のピース。明るい星が光るピースをはめて、真っ暗なピースをはめて、星屑《ほしくず》がたくさんのピースをはめて。

ぱちぱちとピースを組み合わせていくと、夜空は大きく、大きく広がっていく。見て、と深晴は振り返った。

こんなに綺麗。

「そうだね」と返事をしてくれた湊介は、真っ黒なマントを羽織っていて、大きな帽子を被っていた。すっかり魔法使いだ。こっちにおいで、と手招かれて寄っていくと、マグカップが差し出される。きらきらと星明かりを映し込んだ、夜の色のコーヒー。いい匂いを胸いっぱい吸い込むと、どこかから声が聞こえた。

「寝ちゃったんだね」

寝ちゃった？　と深晴は首をひねる。起きてるのに。なのに、うん、と湊介が返事してしまう。

「途中からすごく眠そうだった。——無理させすぎなんじゃない？　夜寝かせてあげてないんでしょ」

「失礼だな。毎日一緒に眠ってもらってるよ」

「……ならいいけど。深晴さん慣れてなさそうだし、大事にしてあげてよ。——お願いだから」

「おまえに言われなくても、大事にするよ。でも」

低い、ひそめた声。

「おまえはそれでいいのか？　湊介だって……」

「俺がなに？　ちゃんと、応援してるってば」

「なんで意地を張る？　後悔したくないって口癖みたいに言うのに」

宮尾さんの声だ、とはっとして、そこで目が開いた。

マグカップを両手に持った宮尾が、深晴を見下ろしている。どういう状況なのかよくわからなくてぽかんとしてしまってから、自分が湊介に寄りかかっていることに気づいた。

「……っ、ご、ごめん！　僕、寝てた？」

「ちょっとだけね。そんなに長い時間じゃないよ」

宮尾からマグカップを受け取った湊介が自分の肩に触れる。

「ここに急に寄りかかってくるから、びっくりしたけど。疲れてたみたいだからそっとしといたんだ」

「ほんと、ごめんね……」

もう一度謝って、深晴はちくちくした罪悪感を覚えながら宮尾を見上げた。まさか寝てしまうなんて……しかも湊介に寄りかかって寝るなんて、また宮尾にいやな思いをさせなかっただろうか。

「あの……宮尾さんも、ごめんなさい」

「どうして謝るの？　眠かったんだろう？」

宮尾は深晴にもマグカップを差し出しながら、穏やかな笑みを浮かべた。

「潮北くんにもカフェオレ淹れたけど、あんまり飲まないで早めに寝たほうがいいかもね」

「……そうですね。少し早めに、寝ます。でも、カフェオレもいただきます」

宮尾が機嫌を悪くした様子はなく、内心胸を撫で下ろした。だが、安堵してばかりもいられない。今日はさすがに一緒に寝ろとは言われないだろうから、ちゃんと寝不足を解消しなければ。そう思いながら座り直すと、宮尾が隣に腰を下ろし、「わっ」と声が出そうになった。深晴を真ん中に、左が湊介、右が宮尾という並びだ。

「それを飲んだらシャワーを浴びておいで。パズルは代打でおれが進めておいてあげるから」

「は……はい」

宮尾の手が肩に回って、ぴりぴりと神経が痺れるような錯覚がした。

——これは、完全に、わざとだ。

「今度はこっち。ちゃんと恋人に寄りかかって」

「——はい」

言葉でも促されて、ぎこちなく宮尾に寄りかかり、ほんのり甘いカフェオレを飲む。見せつけるみたいな行動を取る宮尾に少しだけ恨めしい気持ちになったが、さっきの自分の失態を思えば逆らうこともできない。

（こういうの……ちょっとやだな。なんか……うまく言えないけど……）

宮尾は知らないはずだけれど、湊介は深晴のことが好きだと言ってくれたのだ。その人の前でわざわざくっついたりするのは、無駄に傷つけるみたいで後味が悪い。

けれど、いかにも恋人に甘やかされているような構図を、湊介は一瞥しただけだった。

「規一郎さん得意そうだよね、ジグソーパズルも」

「もちろん得意だ。子供の頃は迷路とか、クロスワードパズルも好きだった」

肩から腕へ、愛しむ手つきで宮尾が撫でてくる。眠気を誘うようなゆっくりした動作に、深晴はそ

っとため息を呑み込んだ。湊介が気にしないでくれたとしても、やっぱり人前でこういうことをするのは苦手だ。あんなに眠かったのに、眠気はどこかに消えてしまっていた。

のんびりジグソーパズルを続ける二人に挟まれながら居心地悪くカフェオレを飲み終えて、「シャワー浴びてきますね」と立ち上がる。

「浴びたら、寝ちゃいます。……湊介くん、おやすみ」

「おやすみ」

逃げるようにバスルームに向かい、シャワーをすませて自分の部屋に戻っても、なかなか寝つけそうになかった。リビングやバスルームから聞こえる、宮尾や湊介がたてる音に耳を傾けて、何度も寝返りをうっているうちに、ドアが静かに開いた。

「潮北くん、寝ちゃった？」

「……いえ」

宮尾だ。どきりとして起き上がると、宮尾は布団のそばに膝をついた。

「そのままでいいよ」

「宮尾さ……、んッ……」

覆いかぶさるようにしてキスされて、ざあっと全身、鳥肌が立った。もがいた下半身に手が添えられて、必死にかぶりを振る。

「っ……宮尾さんっ、湊介くんが、……いる、のに」

「湊介がいると駄目？」

きゅっ、とパジャマの上から性器を握り、宮尾は囁いた。

「恋人同士なら当然の行為だ、声が聞こえても湊介は気にしないよ」

「でも」

いやだ、とはっきり感じて、深晴は泣きたくなった。持ち上げるように優しく分身を揉まれても、気持ちいいと思えない。違和感と拒否感だけがあって、せっかく触られているのに、と思うと悲しかった。

好きな人が、愛しあいたいと思って触れてくれているのに、いやだと思ってしまう自分が悲しい。悲しいのに、扉の向こうには湊介がいると思うと、いつものように力を抜く努力もできなかった。

「……い、やです。今日は、」

シーツに爪を立てて、深晴は目を閉じた。

「今日は……やめて、ください……」

「——そう」

すっと宮尾が離れていく。触れていた熱がなくなるとどっと寒気が襲ってきて、深晴ははだけてもいない胸元をかきあわせた。それを見下ろして、宮尾は目を細める。

「今日はやめて、ということは、明日ならいいのかな」

「……」

「それとも明後日、湊介がいなければいい？」

「……はい。いない、なら」

「本当に？」

宮尾はたたみかけてくる。頬にかかった髪をひとすじ、指先で払ってくれながら、耳元に口を近づけて囁いた。

「さっきは気を許した顔で湊介にもたれて寝ちゃったのに、恋人のおれに押し倒されると、こんなに緊張するんだね」

指の背が耳から顎のラインを撫でて、ごくりと喉が鳴った。小さく震えが走って、それが宮尾に伝わってしまうのがわかる。

「湊介がいなければ、昨日の続きをしてもいいのか、それとも彼がここにいなくてもしたくないのか、湊介が帰るまでによく考えておいて。想像してみるといい。おれとキスして触られるのと、湊介にキスされて触られるのと——どっちを自分が望んでるのか」

背筋が冷たくなった。どっちを望むかなんて決まっているはずなのに、あの「おまじない」の熱が蘇って、泣きたくなる。

湊介にキスされる気がして、嵐にさらわれそうな気持ちになったあのときの、衝動。

「約束だよ」

刻み込むようにゆっくりと額に口づけて、宮尾は立ち上がった。普段と変わらない優しさで「おやすみ」と告げられて、深晴は掠れた声で返した。

「おやすみなさい」

引きとめたかった。引きとめて、違うんですと訴えたい。強張ってしまうのは慣れていないだけで、宮尾を好きな気持ちに嘘はない。キスなんか、万が一湊介としたってがちがちに緊張してしまうことに変わりはない——はずだ。

（……違う。きっと、いやじゃない。湊介くんが、宮尾さんみたいに僕に触れたら）

きっとまた同じ気持ちになる。流されたいと思う、あのあさましい感じ。さっき宮尾に触れられたのは、あんなにいやだと思ってしまったくせに。

ぱたんとドアが閉じて、深晴は布団の中にもぐり込んだ。

いじわるだ、と生まれて初めて宮尾をなじりたい気持ちになって、余計に落ち込む。

意地が悪いのは自分のほうだ。宮尾を好きなのに、つきあってもらっているのに、湊介にも惹かれてしまっているなんて、意地汚くてずるい。今さら気づくくらいなら、ずっと気づかないでいられたらよかった。

湊介のことは、好きになるべきじゃない。

「今なら、まだ大丈夫……。早く、忘れなくちゃ」

膝を抱えて丸まって、深晴はひとりごちた。宮尾に見放されないうちに、もっとちゃんとした振舞いを身につけたい。宮尾に呆れられてしまったら——捨てられたら、好きだった七年が無意味になる。大切にしてきた気持ちが無意味になるのはつらい。

湊介だって、深晴が宮尾と別れたからといって、喜んだりはしないだろう。今日せっかく、友達に戻ろうと言ってくれたのに、彼の気持ちまで踏みにじってしまう。今日みたいに三人で過ごす日も二度となくなって、仕事も、湊介も失ってしまうだろう。

宮尾がいないと、深晴にはなにもなくなるのだ。

(大切なもの……全部失《な》くしちゃうなんて、いやだ)


ごちゃごちゃした後味の悪い夢ばかり見たせいで、月曜日の目覚めは悪かった。それでも遅刻しない時間に起き出して、宮尾よりも早く家を出た。湊介はちょうどランニングに出ていたらしく、顔をあわせずにすんだのがありがたかった。

開店前の掃除から新刊雑誌の荷解《にほど》き、入荷した本のチェックと早番のルーティンをこなし、社員と交代で休憩に入る。コンビニで買ってきたサンドイッチを手に控え室に入ると、平日だけときどき一緒になるパートの女性が、熱心に週刊誌を読んでいた。深晴の母と同年代くらいの彼女はいい人なのだが、お喋り好きなのが少しだけ苦手な相手だった。

お疲れ様です、と小声で挨拶して端のほうに座ると、彼女が顔を上げた。

「潮北くんっていくつだっけ?」

「……えっ……二十八、ですけど」

「あらそんなにいってた? じゃあ同い年ってわけじゃないのねえ、うちの息子と同じだと思ってたんだけど」

なぜか残念そうに週刊誌を見た彼女は、それをぐっとひらくと深晴のほうに差し出してくる。

「あの宮尾太楽の息子さんが、役者目指してるんですって」

見せられた誌面に、視線が吸い寄せられた。モノクロの見開きページの片隅、小さく載った写真の中に、湊介も写っていた。劇団の稽古風景で、知っている人でなければ見分けがつかないだろうが、深晴にはわかる。

「ほら、律多くんって子役がいたじゃない？　あの子がうちの息子と同い年だから、もう可愛くって応援してたのよね。事故死しちゃってショックだったけど、その双子のお兄さんが今は役者を目指してるって書いてあって、びっくりしちゃったわ」

彼女は写真の中に湊介がいるとは思っていないのか、記事の文章を指さしていた。

「あたしはもともと宮尾太楽もファンだったのよ〜。潮北くんは知らないかもしれないけど、若い頃はそりゃあかっこよかったのよ。ちょっとやんちゃなところも、駄目なところも素敵でね。あんなことになっちゃって残念だったんだけど……なにもまた、こんなふうに嫌味な記事にしなくたっていいじゃないねえ」

すうっと血が引くような感覚がして、深晴は手を出していた。

「すみません。ちょっと、読ませてもらってもいいですか？」

「ん？　ああいいわよ、あたし読んじゃったから。もしかして宮尾太楽のファンなの？」

渋いわねえ、と笑った彼女から週刊誌を受け取り、改めて見ると、記事自体は父親の宮尾太楽についてのものだった。「トラブルメーカー宮尾太楽、またも深夜の通報騒ぎ」と黒地に白抜きの文字が大きく書かれ、ぶすりとした表情の中年男性――おそらく宮尾太楽の写真が載っている。

九年前に事件を起こし執行猶予判決を受けた彼は、事実上芸能界を引退したものの、復帰を狙って数年前から活動しているらしい。その太楽がとある芸能事務所に乗り込み、押し問答の末に警察が呼ばれる騒ぎになった……ということだった。

押しかけた先は留目事務所。記事はそこに現在太楽の息子である湊介が所属していることにも触れていて、太楽が息子を頼って仕事を得ようとしたのではないかという推測や、最近の彼の生活ぶりや借金苦などにも言及していた。どこまで本当なのか深晴にはわからないが、九年前の事件のあとも、何度か傷害や恫喝《どうかつ》などで問題を起こしていたようだ。

ざらりとした後味の悪さを覚えて深晴は週刊誌を閉じた。――まるで、父子の仲が悪く、これからもっと問題を起こしてほしそうな書きぶりだった。悪意のある文章ってどうしてこんなにいやな味がするのだろう。書いているほうも具合が悪くなりそうだ。

(湊介くんに対しても失礼だよ、こんな記事)

これから頑張ろうとしている人間の足を引っぱるような行為は卑劣だ、と唇を噛んで、劇団で悪口を言っていた彼らを思い出した。どこにでも、いやな人間というのはいるのかもしれない。

湊介は、この週刊誌のことを知っているのだろうか。今日が発売日だから、見ている可能性は低いけれど――知ったら湊介がまたいやな気持ちを味わうのだと思うと、今まで意識したこともなかった派手な表紙が厭《いと》わしく思えてくる。

湊介自身が読まなかったとしても、劇団の誰かが読んだら？　そしてまた稽古場で、無神経な言葉を投げかけられたりしたら。

「……僕、早退します」

開けてもいないサンドイッチのパッケージを手に、深晴は立ち上がった。別の週刊誌を読んでいた女性がぽかんとした顔で見上げてくる。

「あらやだ、どうしたの？　具合でも悪い？」

「ちょっと……はい。社員さんにも断ってから帰りますので、すみません」

鞄にサンドイッチを放り込み、深晴は仕事用のエプロンを外した。上着を羽織るのもそこそこに控え室を出て、レジにいた社員に「早退します」と告げ、返事を待たずに店を出る。

急いで帰ったところで深晴になにができるわけでもない。でも、いてもたってもいられなかった。

走って駅に向かい、電車の中でもそわそわして、駅からはまた走って宮尾のマンションに戻ると、湊介はのんびりジグソーパズルと向かいあっていた。

「あれ、深晴さん早いね？　言ってくれれば昼飯用意しておいたのに」

湊介は平和な表情で、まだなにも知らないのだと察しがついた。飛んで帰ってきたものの、わざわざ「こんな記事が出てたよ」と伝えるのも変な気がして、深晴はぎこちなく視線を逸らした。

「……う、うん。今日はたまたま……お昼なら、買ってきたから」

「なに買ってきたの？　あ、サンドイッチなら、紅茶でも淹れようか。俺も休憩したいなと思ってたとこなんだ」

ていうかそんなの一個だけで足りるの、などと言って笑い、湊介がキッチンに向かう。と、テーブルの上に置きっぱなしになっていた彼のスマートフォンが震えはじめた。何気なく目を向けて、表示された宮尾の名前にどきりとする。

「ちょっとごめんね」

気づいた湊介が戻ってきて通話ボタンに触れるのを、深晴は見守るしかなかった。中途半端なこの時間に、宮尾がわざわざ電話をしてくる理由は多くはないはずだ。もしかしたら、と思っていると、受け答えしていた湊介の表情がすっと硬くなった。

「……そっか。わざわざありがと。うん。留目のマネージャーから、親父が来たって話は聞いてて……そういうこともあるかもなとは思ってた。大丈夫だよ」

視線がちらりと深晴を撫でる。はは、と笑い声をたてる横顔は、少し寂しそうだった。

「そんなことまでしてくれたの？　規一郎さんてたまに過保護だよね……でもありがと。今日そっち戻るよ。だって、こっちに来られたほうが困るでしょ。俺は覚悟してるって前も話したよね？　――うん、だから、平気。俺にやましいことがあるわけじゃないもん。大丈夫だってば」

大丈夫大丈夫、とことさら明るく軽い口調で繰り返して湊介は電話を切り、深晴を見るとさらっと笑った。

「ちょっとごたごたしそうだから、俺やっぱり今日帰るね」

「――お父さんのこと？」

「電話聞こえちゃったよね」

苦笑をひらめかせ、湊介はスマートフォンを尻ポケットに入れた。リビングの片隅に置いていたバッグの中をたしかめる。

「なんかね、親父がまた週刊誌に載ったみたい。俺が所属してる事務所に先週来たとは聞いてたんだけど、そのとき騒ぎになっちゃったらしくてさ……俺のところにも、何人か記者が来てるらしいよ」

「そ、湊介くんのところにも？」

「規一郎さんが心配して、わざわざ見にいってくれたんだ。まあそういうのって、どこからか漏れちゃうもんだしね。まさか親父に居所を知られる前にマスコミに来られるとは思ってなかったけど、こういうのすごい芸能人ぽいよね。これで舞台観にきてくれる人が増えたらラッキーなんだけどな」

なんでもないことのように笑う湊介に、絞られたように心臓が痛んだ。どうして笑うの。本当は傷ついているくせに。

「じゃ、深晴さんまたね」

上着を手にして湊介は本当にリビングを出ていこうとし、深晴は慌てて裾をつかまえた。

「……どうしても、帰るの？　ここにいたほうがいいんじゃない？　宮尾さんだってきっと……」

「ここにいるって誰かに知られたら、深晴さんにも規一郎さんにも迷惑かかっちゃうでしょ。マスコミだけならともかく、親父がここに来たら、規一郎さんと喧嘩になっちゃう。親父、宮尾家の人たちと仲悪いから」

湊介は困ったように微笑して、そっと深晴の手を外した。

「ほとぼり冷めたらまた遊びにくるよ。って言っても、きっと少し先になっちゃうと思うから、ジグソーパズルは深晴さんが――深晴さんと、規一郎さんで完成させちゃってね」

「……でも」

でも、そうしたら湊介は、ずっとひとりだ。「少し先」までひとり、寂しい顔を隠すみたいに笑うのだろう。

(そりゃ、僕がいたって……役には、立てないけど)

引きとめたいのに、背を向けられると追いかけられなかった。ほどなく玄関のドアが閉まり、やるせない寂しさが襲ってくる。

友達として、こういうときの振る舞い方が深晴にはわからない。強引にでも引きとめたほうがよかったのか、それとも違う方法で手助けすればいいのか。違う方法なら、どんなやり方があるのか。励ます？　慰める？　所詮《しょせん》は部外者でしかない深晴が、なにを言えば慰めになっただろう？

なにもできないけれどそばにいたい、と思うのは深晴のエゴでしかない。

のろのろとリビングに戻って、半端なままのジグソーパズルを見下ろす。昨日は華やかにさえ見えた夜空は、今はただの白い点描にしか見えずに味気ない。とても続きを作る気にはなれなかった。

週に四、五日アルバイトを入れている深晴にとって、丸一日休みの火曜日は、原稿を進めるのにはうってつけの日だ。けれど、今日ばかりは、原稿用紙を広げる気持ちにもなれそうにない。

朝食を食べながら、いつになく口数の少ない宮尾をそっと眺める。いつもならとっくに家を出ている時間だが、今日は起きるのも、朝食の支度をはじめるのもゆっくりだった。

昨日はさすがに、宮尾もベッドには誘わなかった。湊介の様子についていくつか質問したあとは、持ち帰った仕事を忙しそうにしていたので、深晴も話しかけるのは遠慮しておいた。宮尾に湊介のことを——彼の父親のことを聞きたい気もしたが、第三者から家庭の話を聞くのは、湊介がいやがるかもしれないと思うと聞けなかった。

（……湊介くん、大丈夫かな）

壁の時計に目をやると、宮尾がふと立ち上がってテレビをつけた。わっと溢れ出した音声に振り返ると、ちょうど午前中のワイドショー番組がはじまったところらしく、わいわいと賑やかな音と画面が映し出されていた。見慣れていないせいか、ずいぶんと騒々しい。

宮尾は黙ってソファに腰を下ろす。やっぱり湊介くんのことが気になってるんだ、と思って、深晴もテーブルの上を片づけると彼から少し離れて座った。

冒頭ではここしばらく世間の話題になっているスポーツ業界の問題についてが流れ、続いて誰だかの不倫問題、企業ぐるみの情報隠蔽の話題と続いて、もしかしたらテレビで放送されるほどじゃないのかも、と思いはじめたとき、ぱっと画面左上の表示が変わる。宮尾太楽の文字が目に飛び込んで、深晴は拳を握りしめた。

女性アナウンサーが週刊誌記事の要約を伝え、出演者たちがあれこれと感想や意見を述べるのを、どきどきしながら見守る。せめてこのまま父親の話題だけですめばいい、と思ったのに、結局司会が、「で、その息子さんが……」と振った。

昨日の夜インタビューに答えてくれました、と話す女性アナウンサーの声にあわせて画面が切り替わる。映し出されたのは夜の路上だった。見覚えのあるキャップを目深に被った湊介の周りを、数人のカメラマンや記者が囲んで歩いている。お父さんと会いましたか、という質問に、湊介は落ち着いた声で返事をした。

「僕自身は会っていません」

よく知っているはずの湊介の声は、テレビを通すとどこかよそよそしく聞こえた。キャップのつばから覗いた表情は厳しく、その分整って美しいのだけが際立っていた。

お父さんと会われるご予定は、と質問された湊介は、鍵を取り出しながら答えた。

「父が望むなら、会ってもいいとは思っています。両親の離婚後会っていないので、久しぶりに顔をあわせるのもいいですよね。ただ、僕は連絡先を知らないので……いえ、あっちからの連絡はまだないです」

『お父さんは現在も、かなり経済的に苦しいようですが、息子として援助などは？』

「——連絡を取ってませんので、そういうこともしてません」

『お父さんがまた警察が出動する騒ぎを起こしたことについてはどう思われますか？』

リポーターはしつこく食い下がる。湊介の腕がぴくりと震えるのを見ると、深晴はテレビに手を伸ばしたくなった。

もうやめてほしい。その質問に湊介が答える意味が、どこにあるというのか。

今すぐ画面の中に入って、あの耳を塞いであげたい。

焦げつくようにそう思っても、魔法使いでもなんでもない深晴にできることはなく、画面の中で湊介は硬い顔を上げた。

「残念ですし、お騒がせしたことについては、申し訳なく思っています」

そこまで答えて、すみませんもう夜なので、と頭を下げてマンションに入っていく後ろ姿を追いかけたところで、湊介の映像は終わりだった。昨日宮尾のマンションを出たのは午後二時頃だったはずだから、稽古場や事務所に寄ってから帰宅したのかもしれない。

アナウンサーがフリップを並べて宮尾太楽の起こした騒ぎを年代別に解説しはじめると、宮尾はテレビを消した。

「……湊介くん、表情、硬かったですね」

あんな顔をする湊介は見たことがない。ぴりぴりと張りつめているのを押し隠したような、不自然なくらいの冷静さだった。やっぱり無理にでも引きとめればよかった、と深晴は後悔した。そうしたらつらいことがあっても、家の中では手を握ってあげられた。チョコレートを作ることも、おまじないをすることも、一緒にいればできたのに。

宮尾も苦い表情で頷く。

「質問の内容は思ったほどひどくないが、湊介にはあれでもダメージが大きいだろう。あいつ、変なところですれてないっていうか、箱入りなところがあるから」

前髪をかき上げる仕草はいつになく苛立《いらだ》たしげだった。

「おれが広報なら、こういう事態も想定していたと思うけどな——宮尾太楽について楽観的に考えすぎなんだ、留目事務所も」

「太楽さんて……宮尾さんの、ご親戚になるんですよね？」

「うちの父の弟だから、おれにとっては叔父だ。まあもっとも、太楽は芸能界に入る前に家出したような男で、うちと親戚づきあいがあったのは、湊介の母親と結婚してから離婚するまでの短いあいだだけだったけどね」

あの頃が太楽にとって一番幸せだったんじゃないかな、と宮尾は皮肉っぽく言って、自分を諌《いさ》めるように首を振った。

「潮北くんにまで愚痴っぽいことを言ってすまない。ただ、宮尾太楽はニュースになっている以上に身勝手なところのある男だからね。湊介を太楽と関係なく売り出したいっていう事務所の意向はわかるが、向こうが押しかけてきて騒ぎになることくらい考慮に入れておいてほしかったと思って。おかげでうちの宣伝計画までめちゃくちゃになりかねない」

「うちって……宇治先生の作品のことですよね」

「ああ。もともと大ヒット作だから、編集部だけでなく、会社としても気合いを入れて進めている企画なんだ。変なことで水を差されたらたまったもんじゃない。湊介が周りの関係者に愛されるのはいいことなんだが……それを妬む人間だっているんだから、いくら伏せておいても、誰かが太楽に湊介のことを知らせてもおかしくないだろう。――今回のことは、たぶんそういう経緯だと思う」

もう消えたテレビに目を向けて、宮尾は立ち上がった。

「まあ、週刊誌方面は数日もすればいやでも落ち着くはずだ。宮尾太楽はある意味マスコミ受けするキャラだが、今回くらいの騒ぎじゃネタとしては弱い。ほかに大きいネタがあればすぐに忘れられる程度だよ。――問題は、湊介自身だよな」

「湊介くん、自身?」

あいつまだ飛行機にも乗れないのに、と呟きながら寝室に戻っていく宮尾に、知ってたんだ、と深晴は胸を押さえた。

知っていたからこそ、過保護に見えるくらい湊介のことを気にかけていたのだろう。珍しく気が立っている様子なのも、彼を案じているからだ。

やっぱりすごく優しい人なんだよね、と思っていると、支度を終えた宮尾が顔を出す。

「これから出社するけど、帰りに湊介のところに寄るつもりだから、少し遅くなるかもしれない。あの調子じゃまともに食事ができてるか怪しいからね。なにか食べ物でも差し入れてくる。――まったく、変な意地を張らずにあと数日こっちにいればよかったのに」

「あ、じ、じゃあ、僕が」

深晴はぴょこんと立ち上がった。

「それなら、僕が行きます、湊介くんのところ。おにぎりでもよければ、すぐ作れますし」

「……潮北くんが?」

宮尾は眉をひそめて黙り込み、それからリビングに戻ってくる。

「それは……やめておいたほうがいいな」

真正面に立って見下ろされ、深晴は気圧されそうになりながら見つめ返した。

「どうしてですか？　こんな状況なんですし、……僕、湊介くんとは、友達のつもりなんです。友達のためになにかしたいって思うのが、いけないことですか？」

こんなにはっきりと宮尾に逆らうのは初めてのことだった。宮尾に呆れられたら、と思うと足が震えそうだったが、言わないわけにはいかなかった。

だって――湊介は、ひとりなのだ。あんな顔をして傷ついているはずなのに、なんの手助けもしないではいられない。

「いけないとは言ってないよ」

宮尾は困ったように、少しだけ表情をやわらげた。

「やめたほうがいいっていうのは、きみまでいやな思いをする可能性があるってことだ。マスコミがまだいるかもしれないし、彼らになにか質問されるかもしれない」

「平気です」

「質問されるのは平気でも、それを宮尾太楽が見ていて、きみが湊介の友人だと知ったら、きみのことを調べて乗り込んでくる……ということだって、ありえなくはない。湊介に会っても自分の目的が達せられないのは、さすがにわかってるだろうから」

「目的？」

「結局金がほしいんだよ、あの人は。まあたぶん、俳優としての仕事もほしいだろうが――たかれると思った相手にはたかる。見境なんかないんだ。この十年間だって、祖父母の家だけじゃなくておれの実家にも金の無心に来てるからね。――週刊誌、潮北くんは読まなかった？　多額の借金を抱えてるって書いてあっただろう」

「読みましたけど……でも、僕、もし太楽さんに頼まれても、ないものは貸せませんし」

「貸してくれないとわかったら暴力をふるわれるかもしれないんだよ」

「そんなこと——」

さすがにないのでは、と思ったが、宮尾は真剣な表情だった。

「それくらい、太楽はまともじゃないとおれは思ってる。詳しくは言わないが、律多にもずいぶんひどい仕打ちをしたし、おれの家族に対しての態度もひどいものだからね。最初にきみと湊介が同居する話に反対したのも、太楽のことがあったからだ。湊介の前ではあんまり言いたくないけど、おれはあの人を少しも信用してないし、はっきり言って嫌いでもある。自分の大事な作家が不愉快な思いをする可能性があるのを許容する気はないんだ。できれば湊介も守ってやりたいが——あいつにとっては実の父親だし、おれが口出しできない部分も多いのが歯がゆいよ」

静かだが憤りの感じられる声音に、深晴は俯いた。心配してもらえるのは嬉しい。自分のマンションで同居しろと強引に決めたのも、大事な人間だと認識されていたからだと思えば納得できるし、気遣いに感謝したいとも思う。けれど——。

「でも、湊介くんが、可哀想です」

両手を握りしめて、深晴は顔を上げた。

「宮尾さんが僕のことも心配してくださるのは本当に嬉しいけど……僕も、湊介くんのためになにかしたいんです」

「──潮北くんは、ここぞっていうときは粘るよね」

宮尾が深いため息をついた。かるく眼鏡を押し上げて、推し量るように深晴を見つめる。

「結局きみは、湊介のことが好きなんだな」

「……！」

ざわりとうなじのあたりに寒気がした。真顔の宮尾が悲しくて、拳を握りしめる。

「──違います。そんなんじゃ」

「なにが違うの？　自分の気持ちに嘘をつくのは、あとあと傷を大きくするよ」

宮尾は距離をつめてくる。腰を抱かれ、顎に触れられて、深晴は身体を強張らせた。

ほら、と宮尾は微笑した。

「がちがちになるくせに、きみはその理由もわからないの？」

「これは……慣れて、ないから」

慣れていないのに、宮尾が相手だから怖くさえあるセックスも我慢できたのだ。

声をつまらせると、宮尾はするりと頬を撫でた。

「うやむやになってたけど、約束したよね。湊介が帰るまでに考えておいてって。答えは出た？　おれと湊介、どちらを自分が望んでいるのか」

「……こ、こんなときなのに、そんな話してる場合じゃ、ないと思います」

「こんなときだからこそ、だよ。緊急事態のほうが、自分の本音にも気づきやすい。どう？　湊介に会いたいとは思わない？」

「――それは」

「そのために犠牲にするものがあっても会いたいか、それとも、失うものがあるなら会わなくてもいいか」

穏やかだが、静かに追いつめるような口調だった。もう一度深晴の顔を撫でた宮尾は、スマートフォンを取り出した。

「湊介の住所は送っておいてあげよう。考えて、選ぶといいよ。もちろん、湊介を選んでもきみの仕事には影響ないから、そこは安心していい。単におれか、湊介か――どちらが好きかだけ考えればいいんだから、簡単だろう？」

「――それ、今日じゃなくちゃ、駄目なんですか？」

「今日でないと駄目だ。できれば今目の前で答えを出してほしいくらいだからね。潮北くんだって、本当はもう気づいてるんじゃないか？」

ぴっ、とスマートフォンを操作して元どおりにしまうと、宮尾は懐かしむように目を細めて深晴を見た。

「おれ相手にはちっとも慣れなかったのに、湊介とじゃれるのは平気なんだろう？　その時点で気づいてほしかったけどね、おれは。自分の気持ちに気づけないあたりも潮北くんらしいけど、見ているおれだけが気づくっていうのも皮肉だよね」

笑みを含んだ声は寂しげにも聞こえて、きりっと鳩尾《みぞおち》が痛んだ。どうしよう。痛い。

違います、と言わなきゃいけないのに。

「――僕が、宮尾さんを好きじゃなくなったほうがいいみたいな言い方、しないでください」

ぎゅっと力を入れて見上げると、宮尾は仕方なさそうに首を振った。

「好きじゃなくなるのは悪いことではなくて、誰にもどうにもできないことだよ。気持ちの問題だからね」

「でも」

「ずっとおれを好きでいたいなら、それでもかまわない」

優しい指は髪を梳いて耳に触れ、頰にも触れてから離れていく。

「最初は、湊介がずいぶんきみのことを気に入ったようだから、二人がくっつけば安心だと思ってたんだ。きっときみには創作面でいい影響があるだろうし、湊介の気持ちも安定するだろうって」

「えっ……」

深晴はどきっとして宮尾を振り仰いだ。

「それって――もしかして、最初から僕のこと」

好きだ、と言ったのは嘘だったのだろうか。けれど、宮尾は首を横に振った。

「きみについた嘘はひとつだけだよ。最初につきあってくれって言ったときは、まだ自覚してない湊介の気持ちを後押ししたいと思ってた。――あとは全部、本当だ。きみが担当作家じゃなかったら、つきあってもいいと思うくらいに好意があったのも、仕事相手とは恋愛しない主義だったのもね」

宮尾は記憶をたどるように遠い目をした。

「湊介が生意気にけしかけるようなことを言ったとき、やたらと潮北くんに肩入れしてるから、これは好きになりかけてるんだなって気がついたんだ。本人は、本気でおれたちを応援するつもりだったみたいだけどね。……あいつ、心底おれを慕ってくれてるんだよ」

「それは……はい。見てると、わかります」

「わかりやすいよね、あいつ」

かすかに笑った宮尾は、再び深晴に視線を戻した。

「だからね、逆手に取って二人の仲を応援しようかと思ったんだけど、潮北くんとデートしてみたらいい子すぎたんだ。言ったよね。きみに愛される人間は幸せだろうなって」

「……はい」

よく覚えていた。そんなことを言われたのは初めてで舞い上がるように嬉しかった。遊園地のデートからそんなに時間は経っていないのに、ずっと昔のことのように感じる。

「おれは世話を焼くのが好きだし、自分で言うのもなんだけど、面倒見はいい。たいていのことはうまくやれるから、頼られることは多いんだ。でも、なにかしてあげて感謝されることはあっても、潮北くんみたいに熱心に、おれにも楽しんでほしいとか、なにかしてあげたいって言われたことはなかったんだ。そんなことくらいで、って思われるかもしれないけど、あのときのきみの顔を見てたら、ずっとこの子に愛されたいと思った」

いつになく甘い声と表情で微笑され、また身体の真ん中が痛む。好きだった、と打ち明けられているのに、なぜかたまらなくせつなかった。

「湊介ときみを奪いあいになるのはわかってたから、迷わなかったわけじゃないけど、人生で一回くらい、リスク回避しないでなにかしてみるのも悪くないような気がしたんだよ。それできみが、一生変わらない愛情を向けてくれるならって。――おれもまだまだ、若いよね」

だって、宮尾はそれを終わりにしようとしている。

そうして深晴自身も、気づいていた。初恋は、終わるのだ。

「愛おしいって思うくらいには好きだったから、見ていればわかる。きみがおれに対して抱く感情は憧れみたいなもので、キスもセックスも本当はしたくないことも、湊介が相手だと意識しなくても触れていることもね。湊介といるほうがずっとのびのびしていて――寂しくなさそうに見える」

「……」

「おれが、そうしてあげられたらよかったんだけど」

そんなことないです、と否定したくて、声が掠れた。涙が零れそうになり、自分が泣くのはずるい気がしてぐっとこらえる。

「僕は、宮尾さんがいないと、今ここにいないんです。宮尾さんがいてくれたから――漫画家にだってなれたし、ずっと心の支えで……」

「うん。そうだね」

なだめるように、宮尾は深晴を抱き寄せた。

「だから、湊介じゃなくておれを選んでくれてもかまわないって言ったんだ。潮北くんが自分に嘘をつかないで、ちゃんと本当の気持ちと向きあって出した答えなら、どっちでもいい。べつに正解があるわけじゃない。漫画を描くのと同じようにね。でも、きみにとってのおれは、ほかに選択肢のない親鳥みたいなものだったんじゃないかな」

「──」

「おれから卒業して恋ができるなら、それも幸せなことだよ。……きみが、後悔しないほうを選んでくれ」

後悔しないほう、という言い回しに、きんと耳が痛む。泣いちゃ駄目だ、と言い聞かせていないと嗚咽《おえつ》が漏れそうだった。宮尾が好きだ。恋じゃないかもしれないけれど、深晴にとってかけがえのない大切な人なのだ。

(……でも)

でも湊介に、今日会いにいかなかったら後悔することも、痛いくらいわかっていた。

宮尾の出した二択を考えないとしても、今日行かずにやりすごして、彼とはずっと仲のいい友達でいることはできるだろう。けれど、行かなければきっと後悔する。

たった数か月前に初めて会っただけで、共有した時間が長いわけでもない。たぶんもともとは住む世界も趣味も違う、偶然出会ったことが不思議なくらいの相手でしかないのに。

(でも僕──どうしても、湊介くんのところに行きたい)

会いたかった。

会いたい。ひとりにできない。触れて、「大丈夫?」と聞いて、隣に座って。

できるなら深晴自身が魔法使いになって、守ってあげたい。守れなくてもせめて、盾になるとか、風よけになるとか──なんでもかまわないからそばにいたい。

矢のような鋭さで衝動が突き抜けて、深晴は顔を覆った。

だって、こんなにも好きだから。

湊介のことが、好きだから。

「――僕、行きます。湊介くんのところに」

一歩後ろに身を引くと、宮尾はとめずに腕をほどいた。

「湊介、おにぎりの具なら鮭《しゃけ》が好きだから、よろしく」

まるで行っておいでと促すような言葉だと思ったときには、宮尾はもう背を向けていた。

深晴はじわじわと涙の滲む目尻をこすった。

悲しいのは、どんなかたちであれずっと大切にしてきた思いが終わるからだ。いいとか悪いとかじゃなく、仕方がないことだとしても寂しい。これから先は宮尾と顔をあわせても、二度と以前のような、甘酸っぱくて心が浮き立つ幸福感は味わえない。

ただの憧れだと宮尾は言ったけれど、深晴にとってはたしかに、淡くて大切な恋だった。

「……でも、湊介くんのところには、行かなくちゃ」

二度と三人で幸せな時間が過ごせなくても仕方ない。それでもいいから、湊介のそばにいたい。

少しも薄れない衝動を声に出して確認し、深晴は腕まくりした。鮭のおにぎりを、いっぱい作らなければ。

宮尾の送信してくれた住所を頼りに訪ねると、湊介の住むマンションの前にこそ人は待機していないものの、周辺にはそれらしい人物が数人、なにげない様子でぶらぶらしていた。ごくんと喉を鳴らしてカメラを持った人の前を通りすぎ、マンションの入り口に近づくと、後ろから声をかけられた。

「すみません、このマンションにお住まいの方ですか？」

すれ違ったカメラマンとはまた別の男性だ。深晴が答えずにいると、愛想笑いを浮かべてまた聞いてくる。

「こちらで宮尾太楽……この写真の男性を見かけたことはありませんか？」

差し出されたのは昔の写真だった。なにかテレビに出演したときのものだろう、ラフだがしゃれた格好でにこやかに笑っている。深晴は首を横に振った。

「ありません」

「そうですかー。どうもありがとうございました」

お礼を言いつつ、彼は深晴のそばから離れようとしない。マンションは入り口が施錠されていて、暗証番号を入れるか、あるいは部屋番号を押して呼び出し、解錠してもらうしかないようだ。深晴は記憶してきた部屋番号をプッシュした。

すぐ後ろにはまだ男がいる。離れてくださいと言おうか迷ううちに、「はい」と低い湊介の声がスピーカーから聞こえてきて、深晴は小声で言った。

「あの……深晴、です。い、入れてもらえる？」

『深晴さん!?　いいよ、今開ける』

「ねえちょっときみ、話してる相手もしかして――」

ブーッ、と音をたてて入り口の鍵が開くのと同時に、肩に手がかかった。

「梶湊介くんの知り合い？　ちょっと話を聞かせてもらえないかな？」

「……失礼します」

振り払うようにして逃げ、ガラスのドアを開けて中に入る。ついてこられたらどうしよう、と心配だったのだが、向こうもさすがにそこまで非常識ではないようだった。だが、忌々《いまいま》しそうな顔で舌打ちをするのが見えて、深晴は急いで背を向けた。

エレベーターで五階に上がると、探すまでもなく、湊介はドアを開けて待っていてくれた。誰に追われているわけでもないのだが気が急いて、走って彼の元まで向かう。中に入って湊介が鍵をかけると、二人して同時にため息をついた。

「びっくりしたー。いきなり来るんだもん深晴さん」

「ごめんね……連絡すればよかったね」

「俺が稽古でいなかったらどうするつもりだったの」

呆れた口調で言ったわりに、湊介は深晴を見るとふっと表情を崩した。

「なんて、ごめん。正直、めちゃくちゃ嬉しい」

「湊介くん……」

ふわっと胸が熱くなって、あの懐かしいような、くすぐったい感じがした。ああ、と深晴はようやく気づく。このあたたかい感覚は、好きな人と一緒にいて、嬉しくて安心しているからだ。うすら寒い寂しさと、ちょうど真逆の心地。

来て、と湊介は促した。こぢんまりとして使い勝手のよさそうな部屋の真ん中に置かれたローテーブルのところでクッションをすすめてくれ、なんとなく並んで座る。深晴は背負ってきたリュックを下ろして、中から包みを取り出した。

「これ、おにぎり作ってきたんだ。宮尾さんが……もしかしたらちゃんと食べられてないかもしれないからって。鮭、好きなんだよね？」

「大好き。——ありがと、すごく嬉しい。食べていい？」

「もちろん」

嬉しそうに湊介が包みを開ける。中からは大きさもかたちも不揃いなおにぎりが出てきて、深晴はちょっと顔を赤くした。

「ごめん……お、おにぎり作るの下手で、不格好になっちゃって」

「なんで、おいしそうだよ」

湊介は大きいのを選んでかぶりつく。斜めに張りついた海苔《のり》ごと嚙みちぎって口に入れ、咀嚼して飲み込むと、ぱちんとウインクしてくれた。

「今まで食べたおにぎりの中で一番うまい」

「それは……言いすぎじゃないかなあ……」

「疑うなら深晴さんも食べてみなよ。お腹、すいてない？」

「――じゃあ、一個だけ」

勇んで作ってきたはいいものの、同じ具のおにぎりだけが八個はどう考えても多い。もっとちゃんとしたお弁当を作ればよかった、と後悔しながら、ひしゃげたおにぎりを頬張った。味は、心配したほどひどくない。感激するほどおいしい気はしないが、あっというまに二個目に手を伸ばす湊介を見たら、塩気がじんわり舌に染みた。――おいしい、かもしれない。

「おにぎりばっかりでごめんね。多かったら残して」

「多くないよ。食事抜くのはよくないと思って、朝もかるくは食べたんだけど、食欲なくてさ。でも、深晴さんの顔見たら腹減ったから、全部食べちゃいそう」

「劇団のお稽古は……休んだんだ?」

「うん。二日続けて休むとどうしても身体がなまるから、できれば行きたかったけど、事務所から言われてさ」

三個目のおにぎりを手に取って、湊介は顔をしかめた。

「昨日規一郎さんのマンション出たあと、事務所からも電話かかってきて、対応を話しあうために行ったんだけど。俺のマネージャーさんって律多のことも知ってる人で、俺もすごく信頼してるし、好きな人なんだけどさ……親父のこと、すごい悪者みたいに言うんだよな」

それも仕方ないって頭ではわかってる、と呟く表情は苦しげだった。

「実際迷惑かけてんだもん、親父。押しかけたり、恫喝まがいのこと言ったり、できるわけないこと頼み込んだり――だから、湊介も勝手なことをマスコミに言ったり行動したりしないでくれって言われて、マネージャーの言うとおりにしようとは思ったんだ。いやだったけど、劇団の稽古場に記者とか親父が行ったりしたら急には対処できないからって言われて、今日だって休んだし」

「……うん」

「でもテレビとか、週刊誌の人は、直接関係があるわけじゃない」

下を向いた湊介の腕がかすかに震えるのを、深晴は黙って見守った。今の季節にはまだ早い半袖から伸びた腕は凜々しいのに、その分震えると悲しそうだった。

「あの人たちも仕事なのはわかってるけど——テレビの向こうにいる世間の人に、親父が直接迷惑かけたわけでも、怖い目にあわせたわけでもないのに——あんなふうに昔のことまで掘り返して、悪く言われなきゃならないいんだなって、昨日実感しちゃって」

「うん」

「俺だって、べつにあの人のことが大好きなわけじゃないよ。好き嫌いで言ったら、少なくとも、好きとは言えない。でも——でも、嫌いなわけでもないんだ。憎んでるとか、そういうんじゃないんだよ。離婚しちゃったけど、親は親で、家族だから——だから、他人に悪く言われたりするの、けっこうこたえる」

「うん——」

「俺の芝居が下手くそだとか、顔がむかつくとか、性格が悪いとか言われるなら、我慢も努力もできるのにさ」

「そうだよね」

震える腕に、深晴は手を乗せた。なめらかな皮膚はあたたかくて、撫でるとさらさらしていた。

（そっか――自分のことじゃないから、余計に、つらいんだ）

いつだったか、優しいわけじゃない、と湊介は自身を評したけれど、彼はやっぱり優しい。

俯いたくせに、湊介は笑ってみせた。

「そんでさ。覚悟してたとか思ってたくせにショック受けてる自分が情けなくて、余計に落ち込んでたの。――かっこ悪いよな」

ぎゅう、と胸が苦しくなった。蹴散らせたらいいのに、ともどかしく思う。外にいる記者も悪口を言う人も、湊介を傷つける人間は全部、怪獣みたいに蹴散らせたらいい。

「――湊介くんは、かっこいいよ」

両手を持ち上げて、湊介の耳を塞いだ。頭を上げた湊介の目を見て、額をくっつける。

「かっこ悪いなんて、絶対にない。だって」

だって――深晴の手を引いてくれたのは、いつだって湊介だ。支えてくれたのは宮尾だけれど、湊介は深晴が変われるように手を引いて、知らない世界に連れ出してくれた。

眩しい、太陽みたいな顔をして、引っぱってくれたから。

「……だって、綺麗だもの」

「綺麗――かなあ。俺が？」

「うん。初めて会ったときも綺麗だったし、お稽古してるときも、あんなふうに動けるんだなってびっくりしたし……いつも僕を、助けてくれるもの。初めて会ったときから、助けてくれたもの」

深晴は立ち上がった。湊介のところにおにぎりを届けたら自分のアパートに戻るつもりで、私物一式はリュックに入れてきた。持ってきてよかった、と思いながら中から取り出した紙を湊介に差し出す。

「湊介くんがいなかったら、今頃もきっとスランプだよ」

訝《いぶか》しそうに湊介がひらいた紙は、もう何度も広げたりたたんだりを繰り返したせいでくたびれて汚れていた。それでも、フラッグガーランドに飾られた魔法使いの絵を見ると、ぱっと光が差すような気持ちになれる。

「……これ、俺?」

「うん。魔法使い。僕の部屋に来てくれたとき、この子すごいなあって見てたら、どうしても描きたくなったんだ。ずーっと長いこと、そんな気持ちにならなかったのに」

「いつのまに……でもすごい、いい絵だね」

照れたように顔を崩して、湊介はしみじみと絵に見入った。

「こんなの、描いててくれたんだ」

「あ、お稽古見せてもらったときも、描いたよ。もっと雑な感じの、クロッキーぽいのだけど」

そっちの紙も引っ張り出して見せると、一枚ずつ眺めた湊介は、ふいに抱きしめてきた。

「やっぱりすごく深晴さんが好き」

「――湊介くん」

「そばにいたい。離れたくない。ただの友達でいいから――ずうっと隣にいて、いなくならないで」

また、胸がひどく苦しくなった。強く抱きしめてくる湊介の腕の中で目を閉じる。ああ、宮尾はいつだって正しい。湊介が相手だと、抱きしめられると力が抜けていく。力を抜いている場合じゃないのに、ふわふわする。

（――やっぱり僕は、この人が）

「僕は、友達じゃないほうが、いいいな」

ぽつんと呟くと、湊介がはっとしたように顔を上げた。至近距離で見つめられ、深晴は赤くなりながら見つめ返した。

「湊介くんのこと好きだから……今すぐじゃなくてもいいから、いつか恋人になれたほうが、嬉しいよ」

宮尾と別れたからといって、はい次、みたいに湊介と恋人になるのは、湊介だって望まないだろう。でも、気持ちだけは伝えたかった。

「な……なに言ってんの深晴さん。規一郎さんは!?」

湊介はぎょっとしたように目を見ひらいた。

「別れてきたんだ」

驚いた表情の湊介の口が、なんで、と動いて、深晴はちょっとだけ笑う。

「せっかく湊介くんも応援したり、助けてくれたのにごめんね？　僕も、できたらずっと、宮尾さんを好きでいられたらよかったけど……でも、湊介くんを、好きになっちゃったから」

「――深晴さん……」

「好きな人がいたのに、別の人をなんて、自分でもやな感じだなって思ってて、だから湊介くんが幻滅しちゃっても仕方ないけど……でも、気持ちだけ、伝えたくて」

「幻滅なんかしないよ！　でも——深晴さんは、いいの？」

湊介はぐっと深晴の肩を摑んだ。

「規一郎さんのこと、あんなに大切にしてたのに。規一郎さんだって深晴さんのこと、すごく好きだよね。まさか俺が変なこと言ったせいで、おかしくなっちゃったんじゃないよね？」

怖いくらい強い眼差しで見つめられ、深晴はそっとかぶりを振った。

「たぶん、僕は宮尾さんの恋人には、向いてなかったのかも。だって僕から宮尾さんには、なにもしてあげられないから。ずっと引っかかってたんだ。いつも僕ばっかり優しくされて、教えてもらって、甘やかしてもらってて。デートだって二人で、二人とも楽しく過ごすなら、恋人同士はデートじゃないときも、お互いにあげたりもらったりするのがいいよね。でも僕と宮尾さんだと、そうならないから——いつもなんとなく申し訳なくて」

「——そっか」

「寂しいけど……今日駄目にならなくても、ずーっと一緒には、いられなかったと思う」

おにぎりを作りながら、自分の気持ちを何度も確認し、そう考えたのだった。

湊介は困ったような目つきで深晴を見ている。深晴は思いきって彼の顔に手を伸ばした。

「でも、湊介くんには、僕もちょっとだけお返しできるから。——ていうか、お返しできてる気分に、湊介くんがさせてくれてるだけかもしれないけど、おまじないなら、僕もできるよ」

「……うん」

「たくさん助けてもらったから、僕もお返ししたい。湊介くんが苦しいときは、僕が……手は引っぱってあげられなくても、飛行機が来たときみたいに、耳を塞ぐくらいはしてあげたい。ほかの人が湊介くんにしてあげてほしいなって思うんじゃなくて、僕が、したい、って思う。——好き、なんだ。僕も、湊介くんのそばにいたい」

一瞬泣き出しそうに顔を歪めて、それから湊介は笑った。

「そんな『好き』の言われ方、初めてだ。——大好き」

緑がかった瞳が深晴を覗き込んでくる。

「深晴さんの気持ちを聞いたら、いつかなんて待てないよ」

「……う、ん」

「俺、規一郎さんに負けないくらい頼り甲斐のある男になって、深晴さんのこと世界一大事にするから」

「——う……ん、」

「今すぐ俺のものになって。深晴さんが——ほしい」

「……っ、はい……」

声に吐息が混じって、深晴は自然と目を閉じた。誰に教わったわけでもなく、そうするべきだとわかっていて、鼻先が触れるのをどきどきしながら感じる。

長いような短いような間をおいて、やんわり唇が塞がれた。

ほんのかるく触れただけなのに、閉じたはずの視界がきらりと眩しくなって、意識が霞《かす》む。弾むようにもう一度押しつけられると全身が熱くなり、あの嵐がやってきて、深晴は待ち望んだそれに身を委ねたのだった。

肩を撫でられるだけでも息が上がって、深晴はもじもじと足を動かした。たとえいやだと感じなくても、恥ずかしさは消えないものらしい。

（……ぜんぶ脱いだの、はじめてだ）

それに、上にのしかかっている湊介も裸だ。自分には肉体的にも精神的にも、男性的な魅力や性質が欠けていることは自覚している。それに比べて、湊介は——どこをとっても魅力的だった。若々しくて雄《おす》らしい体軀《たいく》も、顔立ちの綺麗さも、性格のよさも。

幻滅されてしまいそうなのが不安で身じろぐと、首筋にキスしようとしていた湊介が動きをとめた。

「いや？」

「……ううん。そうじゃなくて……湊介くんのほうが、いやかなって。ごめんね……僕、女の人みたいに可愛くもないし、男らしくもなくて……つ、つまんない、よね」

「そういう言い方よくないよ。俺にも規一郎さんにも惚《ほ》れられたのに、まだ自信持てないの？　深晴さんは素敵な人なのに。素直だし優しいし、一生懸命で、努力家でしょ」

そういうのは誰にでもある素質でしかないと深晴は思う。ほかに秀でたところがあるどころか、足りないことばかりなのだ。

「年上なのに、頼りないよね」

「そうかな。しっかりしてるところもあると思うよ？」

「……トイレで独り言言っても？」

「独り言言うのは傷つきやすくて寂しがりやな人なんだって。そういうとこも好き」

ちゅっ、と鼻先にキスして湊介は目をきらめかせる。

「もう大丈夫だよ。俺がいるからね。いっぱい愛してあげるから、深晴さんも深晴さんのこと好きになってよ」

「……湊介くん」

とくん、と心臓が揺れた。なんて優しい言い方だろう。取り立てて自分を嫌いだと思っているわけではないけれど、たしかに今までは好きでもなかった。それを見抜いただけでなく、責めるでも導くでもなく、湊介はふんわり包み込んでくれる。

（――好きだなぁ。湊介くんの、こういうところ）

湊介は深晴の手を自分の胸に当てた。

「いやとか、つまんないとかあるわけない。触ったらわかるよ」

「……速いね」

どくどくと脈打つ心臓の速さが手のひらに伝わって、さあっと皮膚に震えが走った。速いよ、と囁いて湊介は首筋にキスした。

「好きだから」

　ちゅ、ちゅ、とキスを移動させながら、優しく肌を撫でられる。心地よさにうっとりとため息を漏らすと、腋《わき》の下から腰へのラインを撫で下ろされた。唇が唇で塞がれて、労るように胸に触れられる。

　そうっと指が食い込んだ途端、ぞくりとした感覚が身体の奥から湧き起こり、深晴は喉を鳴らした。

　それは明確な快感で、穏やかで甘い喜びから一転、淫靡《いんび》さを帯びた予感が膨れ上がる。

「んっ……ん、は、ぁ……っ」

「胸触られるの好きなんだ？」

「っ、わ、わかんない……あ、……ッ」

　指先が右の乳首をかるく掠めただけで、勝手にびくりとしてしまう。痺れるような感じには覚えがあったが、その分余計に衝撃だった。いじられると強張っていたはずなのに、痺れに続けて高まってきたのは熱で、熱い、と意識すると力が抜ける。

「ふっ……く、……っ、あ、あんまり、しないで……」

「気持ちよさそうだけど、いや？」

「んっ、待っ……、ぁ、……っ」

　きゅっとつまれると顎が上がった。じんじんする。やぁ、と頼りない声が漏れ、それが恥ずかしくて口を押さえると、湊介は左の乳首にも触れた。

「――っ、あっ……、……んんっ……」

「ここ弱いんだ？　可愛いな」

つまんだ乳首をこりこり捏《こ》ね回す湊介は嬉しそうだった。

「ぷくってなってる。舐められるのも好き？」

「す、好きじゃな……っ、あ、ねえ、待って、……や、……ふ、ぅッ」

否定したのに吸いつかれ、視界がちかちかした。あたたかい舌で乳首を転がされ、そこからびしょびしょと濡れていくような心地がする。やめてほしくて湊介の頭を摑んでも、唇は離れていかなかった。ちゅくちゅくと音までたてて舐め回され、もう一方の乳首は優しく引っぱられて、わけがわからなくなりそうだ。

「そ、すけくっ……や、やだからっ……んッ、はぁっ、ね、やだって、あ……っ」

「なんでいやなの？　俺に舐められるのいや？」

「ちがう、けど……でも、あ、あッ、ち、力ぬけちゃ、う、あ、はぁ……っ」

「力なんか抜いててよ。俺だって、優しくできるよ」

絶対痛くしないからね、と囁いて、湊介は胸にキスした。手は胸を離れて、そっと尻に触れてくる。つうっと割れ目をたどった指が窄まりに行きつき、深晴はひくりと震えた。

「ここも、やり方はわかってるから。規一郎さんと同じくらい、ちゃんと優しくするから、深晴さんはなんにも考えないで、なにもしなくていいよ」

「あ……」

襞《ひだ》をなぞられるくすぐったさに首を竦め、深晴は湊介を見上げた。やり方、というのが指を入れるだけではないのはわかっている。無事にできるだろうか、と不安がこみ上げて、けれど拒む気にはなれなかった。

力が抜けるくらい気持ちいいのは怖い気もするけれど——気持ちいいなら、それは、自分ひとりではいけないはずだ。

(デートも、二人で楽しむんだもんね)

湊介は一度唇にキスしてくれ、ベッドサイドに置いたボトルに手を伸ばした。隣にはコンドームもある。こういうものって普段から用意してあるものなんだろうか、と一瞬赤くなった深晴の目の前で、ボトルの中身をたっぷりと出す。

「女の子と使う用のやつだけど、大丈夫なはずだから、心配しないでね」

「……お、女の子相手でも、そういうの、使う、の?」

「濡れにくい人とかもいるから、痛い思いさせたら可哀想でしょ」

さらりと言われ、ああ慣れているんだな、とわかった。ぬるくてぬるぬるした湊介の手が、陰嚢を掬い上げるように触れてくる。びくんと下腹部が波打って、深晴は顔を覆った。——せめて、湊介ががっかりしないようにしたい。慣れていないし、触っても楽しくないだろう身体だからこそ、中に入れて少しでも快楽を味わってもらえるなら、いくらでも使ってほしい。

「……っ、ふ、……ッ」

袋の裏から穴までの、狭い道筋を撫でられる。ローションを馴染ませるように窄まりの周りをくるくる撫でた湊介は、真ん中に指をあてがうとゆっくり埋めてきた。

「――っ、は、……ふ、……っ」

「痛くない？　やっぱりちょっと力入っちゃうね」

小刻みに埋めた指を動かしながら、湊介は深晴の性器にも触れた。たっぷりローションをまぶし、くしゅくしゅと弱い力で幹をしごく。

「あっ……、それ、……、あ、ぁあ……っ」

直接的な刺激に翻弄されて喘《あえ》ぐと、ぐっと深くまで指が入った。窄まりがぴったりと湊介の指に張りつくのを感じて、全身総毛立つような感覚が襲ってくる。

「あ、湊、……すけ、くんっ、あ、……ッ」

「よかった、やわらかくなった」

中を、湊介の指が行き来する。異物感と違和感は宮尾のときと同じなのに、とん、と押し上げるように根元まで入れられると、ぶわりと体温が上がったようだった。待って、と思わず口走る。

「待っ……あ、は、……ぁッ、なんか、……あ、あ、あッ」

「ん、気持ちいいよね。ここ好き？」

「ッ、や、ぁ、あッ、……っ、は、……あ、ぁ……っ」

ゆるくピストンされるのも、そっと内部から押し上げられるのも、刺激されるたびに崩れていきそうだった。肌が痙攣《けいれん》する。ぬかるんでとろけそうな粘膜の奥から全身に、波紋のように感覚が広がっていく。

「わかる？　奥もとろとろになってきたの」

「……っひ、あっ……んッ、そこっ、あ……っ、あ、……っ」

信じられないほど明確に湊介の指を感じるくせに、身体はまるで自分のものではないみたいに、どこも制御できない。なのに、指を抜いてほしいとは思わなかった。

むしろ、もっとほしい。溶かしてほしい。やめないで、もっともっと。

指が奥を突くたびにその飢えたような気持ちが高まって、深晴はようやく気がついた。

これも、快楽なのだ。射精するのとは違う、すべてを明け渡す快楽。

「あっ……、あ、……い、い、きもち、い……っ……」

喘いでたどたどしく腰を上げると、湊介は寄り添うように横たわった。深晴の前髪をかき上げる。

「気持ちよくなってる深晴さんも可愛いね。……増やすよ？」

「だ、め、……っん、はぁっ、あ、……ッ、ん、ア、……ああっ」

揃えた中指と人差し指を入れられると、異物感より先に腹の奥が疼《うず》いた。じんっ……と尾を引く熱感が奥のほうから広がって、むず痒《がゆ》いみたいに窄まりがもどかしくなる。

なす術なく震えた深晴の内部をかき分けるように、湊介が指を動かした。さっきよりも速い動きで出し入れされて、かあっと視界が虹色に焼けた。襞がめくれている。粘性の水音をたててこすられて、腹の内側から波が来る。

「や、あ、……ああ、あ、――ッ！」

弾けたような衝撃に背中がしなり、深晴は達していた。白濁を噴き上げるリズムにあわせて、後ろの孔《あな》まで収縮してしまう。食い込んだ指をくっきり感じるとまた達したような気がして、深晴はしゃくり上げた。

「っごめ……、あ、……失敗、しちゃ……、って……」

「失敗じゃないでしょ。いってくれたの嬉しいよ？」

「でも……湊介くん、……まだ、なにも」

目元に口づけられて見上げる。

「僕だけは――よくないと、おもう」

「一緒がいいの？　優しいなあ。大丈夫、これからちゃんと、一緒にしようね」

キスと同時に、優しく指が抜けていく。膝に手がかかって、深晴は潤む目をまばたいた。

深晴に大きく足をひらかせた湊介は、歯でくわえた小さな四角いパッケージを破く。深晴には見慣れない装具を慣れた手つきで被せていくのを見ると、背筋がざわりとした。怖いような、押し流されたいような。

「深晴さん、後ろもいっぱい感じるんだね。よかったけど……やっぱりちょっと、妬けるなあ。深晴さんをこんなに感じられる身体にしてあげたの、規一郎さんだもんね。……みっともなく嫉妬して悪いけど、今日だけ許して」

「――湊介くん、あの、」

「なに？　……もしかして、やっぱりいや？」

自身に手を添えた湊介が眉を寄せ、深晴はひゅっと息を呑んだ。

やっぱり、気のせいでも見間違いでもない。どう見ても湊介のそれは大きくて、いやとかいいとかの問題ではなく、物理的に無理だ。

「は、入んないよ」

「なんで？　大丈夫だと思うよ」

「むり……っ、そんな、の」

指を二本入れられるのだって初めてなのに、比べものにならないくらい太い物体なんか入るわけがない。膝を閉じようとすると、湊介はさらに眉をひそめた。

「規一郎さんとはできたんでしょ。俺は男性相手は初めてだけど、でもそこまで下手じゃないよ。いやならはっきり、いやって言ってくれればいいのに」

「違……ほんとに、そうじゃなくて」

いやがっていると誤解されるのも悲しいが、このまま続けてもうまくはいかないだろう。それだけは避けたくて、深晴はぎゅっと目を閉じた。

「宮尾さんとは——えっと、その、ちゃんとした、ことはないから。だから……湊介くんの、は、なんていうか物理的に……無理そうかな、って」

言いながら、これでは結局湊介にはなにもしてあげられないのと一緒だなと思う。あんなに気持ちよくしてもらったのに。それくらいなら無理でも努力したほうがいいのだろうが、うまくいく気はしない。さっきだって失敗したのに、二回も失敗したくはない。

「だから……ほ、ほかの、方法、とか」

「規一郎さんと最後までしなかったって本当？」

ぐっと肩を押さえられて、深晴はおそるおそる目を開けた。怖いくらい真剣な表情に、無言で頷く。

湊介は口をひらきかけてやめ、それから抱きついてきた。

「どうしよう、順番とか関係ないと思ってたのに、めちゃくちゃ嬉しい」

「う、嬉しいの……？」

「ちょっとだけ特別な気がするでしょ。初めて許してもらう、って」

鼻先で耳をくすぐるようにして、湊介が息をついた。

「だからこのままさせて。今日はやめておこうかって言って、次がなかったらやだ。後悔したくない」

「――湊介くん」

その言い方は卑怯《ひきょう》だ。後悔したくない、に、どれだけ湊介の気持ちがこもっているかわかるから。

意識して力を抜き、ほんのちょっとだけ足を左右にひらく。いいよ、と告げるかわりに首筋に腕を回すと、湊介はくすっと笑った。

「ありがとう。――俺ね。深晴さんが俺に、お返ししたいって言ってくれるのすごく好きで、嬉しいけど」

太ももを撫でて押しひらき、膝を上げさせながら、湊介は優しい目で深晴を見下ろした。

「お返しなんかなくたっていいんだ。そんなこと考えなくてもいいくらい、深晴さんのことめろめろにして全部可愛がって、安心させてあげたいよ」

「そんなの……今のままでも、十分だと思うけどなあ」

「そう言ってくれるとこも好きだけど。でもこれから朝までは、全部俺に預けてね。――一緒に、気持ちよくなろう」

ローションを足して窄まりをたしかめ、性器をあてがわれて、生々しい熱さにぞくりとした。不安が消えたわけではないけれど、深晴は頷いた。湊介がちゃんとその気なのが、嬉しいと思う。

ゆっくりすりつけられた切っ先は、深晴の息を吐く瞬間を見計らってぐっと押しつけられ、そのまま入り込んでくる。ぬめりのおかげで思ったよりもあっさりと入られて、これなら大丈夫かな、とほっとしたのもつかのま、押し広げられる感覚に衝撃が襲った。

「——ッ、あ、……、ぅ、あ……っ！」

痛いというよりは苦しい。窄まりは限界まで引き伸ばされ、意識したこともない尻の内側に、重たい質量を感じる。苦しくてたまらないのに、硬くて熱い湊介は、なおも奥へと入ってきた。

「——っ、い……、あ、……っ、……ッ！」

「ごめん——これ、つらいよね。すごい、キツい」

湊介もわずかに顔をしかめ、やんわり深晴の性器を握りしめた。

「こっち触ったら、気持ちよくなれる？」

達して萎《な》えたきりだったそこをあやすようにしごかれ、深晴は口元を押さえた。後ろの孔の痺れるような感覚は薄まらないが、敏感な鈴口をいじられると意識が分散する。楽になりたい本能でゆるく腰が揺れ、そうすると内部の苦痛もたえられる気がした。

「ん、硬くなってきた。力、もう少し抜けるといいんだけど——胸も触ろっか」

半端な体勢は湊介だってつらいだろうに、手を伸ばして触れてくれる。くに、とつままれて、深晴は息をついた。

「だ……いじょうぶ、だから……も、来て――」

「来てって、深晴さん」

「くるし、けど……平気。き、キス、してくれたら、力も、ぬけるから……」

「キスするには、全部入れないと無理そうなんだけど――もう、かなわないなあ」

ふにゃっと崩した笑みを見せ、湊介はかるく腰を引いた。そうして内側の反応をたしかめるように、再びゆっくりと押し入れる。ぐぅっと内臓を押し上げられ、深晴は何度も息を零した。

引いては入れ、少しずつ進まれるたびに下腹部が熱さを増す。痺れるだけでなく疼きをともなって、自由がきかない。実際湊介を呑み込んだところだけでなく、胃も、心臓も、燃えてしまいそうだった。

ようやく湊介が穿《うが》つのをやめたときには、全身汗だくになっていた。

「深晴さん、大丈夫？」

力なく投げ出された深晴の手を握り、湊介が心配そうに覗き込んでくる。深晴は焦点のあいづらい目をまばたいた。

「た……ぶん……」

「痛くない？　ちょっと震えてる」

持ち上げた手にちゅっとキスして、指を組み直してくれる。まぶたにもキスされて、誘われるように口をひらくと、湊介はそこにもキスしてくれた。

（あ……やっぱり、すごく、甘い）

「……ん……ん、……ふ、……ん……っ」

とろりと絡んだ舌が気持ちよくて、心までとろけそうなほど甘い。ひらいた股関節は痛くて下半身は痺れっぱなしで、苦しいのに気持ちいい。キスが好きだ、と思うと、胸がきゅんとなった。

「深晴さん、キス好きだね」

「……ん、……ぅん、……す、き……んんッ」

唇を舐め、じゃれるようなキスをして、湊介はゆっくり動いた。深く入り込んだ性器で、さらに深く揺すり上げる。ずん、と奥のほうに衝撃が響き、深晴は顎を上げた。

「……あ、……ッ」

ちかちかと身体を襲ったのは苦痛ではなく、弱いけれどたしかに快感だった。ふっと息をついた湊介が続けて突き上げると、奥に当たるたびにビッ、と電流のような刺激が駆け抜けた。

「あ、……っ、あ、や、……なにっ……？」

それは覚えのない感覚だった。快感ではあるけれど、今まで味わったことのない類の、突かれた場所から濡れた砂のように、もろく崩れていくような。

「は……ぁ、んッ……あっ……、あ、ぁ……っ」

「っ……、締まったね。奥、気持ちいい？」

「——ッ、や、……ッ、ァ、……っ、あぁッ」

疼きをともなってお腹の中が竦む。すぼまった襞が絡むように湊介を締めつけて、彼のかたちをくっきりと感じ取る。窺うように突き上げられ、お漏らししてしまいそうな危うい切迫感が襲ってきた。

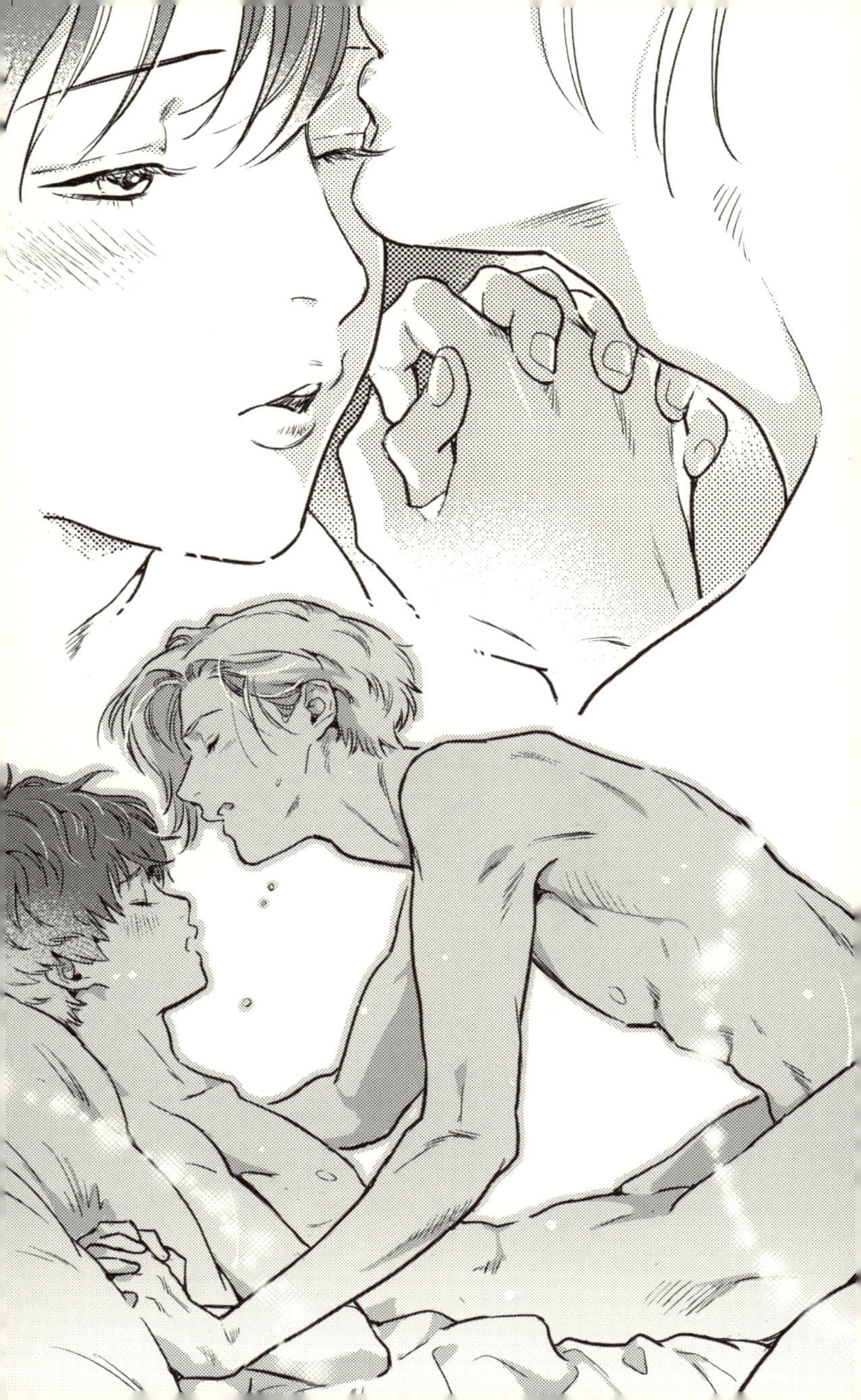

「あー……っ、はぁ……ッ、ん……っ、は、ァ、……ッ」

半勃《はんだ》ちの性器からとろとろと体液が溢れてくる。きゅ、きゅ、と体内で湊介を締めつけながら、深晴は慣れない快楽に身体をくねらせた。

絶頂の一歩手前が続いているような、おかしくなりそうな気持ちよさだった。

「ん、やぁっ、い、……きそうっ……これっ……あ、ぁ、アッ」

「よかった。気持ちよくなってもらえて」

規則正しく、深晴が崩れそうになる場所ばかりを狙ってピストンしながら、湊介は嬉しそうに口元をほころばせた。

「もっといっぱい、気持ちよくなっていいからね」

「あ、ぅっ……や、め……っ、あ、はぁ……っ、や、ぁ……っ」

硬い湊介の切っ先が粘膜を突くたびに、うなじまでぞくぞくした。崩れてしまうのを通りこして、今はもう溶けそうだ。

否——もう、溶けてしまっているのかもしれなかった。穿たれるのにあわせて、じゅぽ、じゅぽ、と音が響く。窄まりも腹の中もむず痒いように熱を持ち、自然と身体が反り返る。

「やっ……あ、なかっ……おく、……も、っと……っ」

もどかしくて、深晴は喘いだ。

溶けるなんて怖い。怖いのに、こすられたい。もっと突き上げられて、もっとぐちゃぐちゃに、追い上げられて落ちてしまうまで、されたい。

「もっとほしい？　いきたくなった？」

低い、うっとりするほど甘い声で湊介が囁く。

「俺のこと入れたまま、いってくれるの？」

「……っん、い、く……いくからっ……あ、ああっ」

つないだ手を握り返して、深晴は何度も頷いた。お腹が熱い。

もう、どこにも苦痛は感じなかった。ただ太くて熱い塊が体内を行き来しているのだけを感じる。ずぷずぷと深晴をかき混ぜる、湊介。聞こえる息遣いは少し苦しそうで、それが嬉しかった。一緒だ。同じものを分けあう、恋人同士。並んで、重なって、二人とも汗まみれで快楽を追いかけている。

いっそ混じってしまえばいいのに。このまま溶けあって、隙間なく、互いの境界さえも失って——混じって、しまいたい。

「〜〜〜ッ、……！」

ずくん、とひときわ強く穿たれて、爪先までぴぃんと強張った。引きしぼられるように背筋がしなり、意識が遠くなる。びくびくと下腹部が痙攣するのがわかって、まばゆい目眩がした。

身体の感覚が消え失せて、白く焼けた視界の奥で、きらきらと虹色の光が舞う。空を飛んでいるみたいだ、と思って、深晴はすうっと脱力した。落ちていく。でも、不思議と怖くない。

寂しくない。

（手——つないでるもの。湊介くんと）

耳鳴りをともなって肉体の実感が戻ったときにも手はつながれたままで、深晴が弱く握ると、湊介はぎゅっと握り返してくれた。汗ばんだあたたかい手のひらに握られるのは信じられないくらい幸せで——身体中どこを探しても寂しさの名残もないくらい、満たされた気分だった。


ふわふわ気持ちのいい眠りから覚めたのは、湊介の声が聞こえたせいだった。

「——だよ。うん。窓から確認した感じだと二、三人いるみたいだけど大丈夫。今日は稽古も行くよ。……うん。わかった、伝えとく。じゃあ」

電話してるみたい、と思って寝返りをうち、にぶく腰を襲った痛みに顔をしかめる。起き上がってみると下半身全体がだるく、尻も痛かった。

ドアが開いて、顔を覗かせた湊介が慌てて駆け寄ってくる。

「おはよ深晴さん。痛そうだね、つらい？」

「……だ、大丈夫、だと思う」

支えられて、深晴は赤くなった。昨日、本当に湊介と寝たのだ。それも、二回も。

「やっぱり初めてで二回はしんどかったかな……バイト無理しないでね。俺は稽古行くけど、部屋は好きに使ってくれていいから」

「あ……そういえば、電話してたよね」

「うん、規一郎さんと。心配して電話くれたんだ」

深晴が立つのを手伝ってくれながら、湊介は笑みを見せた。

「木曜に週刊誌が発売になれば、そっちで新しいネタが出るはずだから、今日だけ辛抱すればいいからなって、わざわざ教えてくれた。人の興味なんてどうせ長続きしないんだから、無茶な真似《まね》するなよって釘さされたよ」

「無茶な真似？」

「取材されて『父に会いたいのでセッティングしてください』とか言い出すなよって。それもありかなって考えてたんだけどな。そこまでしても親父は、俺には会いたくないかもしれないしね。――規一郎さんは、親父が俺のことけむたがってるって知らないから」

「――そうなの？」

ほんの一瞬、緑色がかった瞳に寂しさがよぎって見えた。

「律多が亡くなって、両親が離婚するまでは短かったけど、そのあいだもいろいろあったんだよ。親父は律多を可愛がってたから。スペインが実家じゃなきゃ律多が飛行機事故で死ぬこともなかったとか、おまえもどうせ俺を馬鹿にしてるんだろうとか言われたりしたから。当時はめちゃくちゃ悲しかったけど、今は親父も動揺してたのかなって思うし、わだかまりがあるのはお互い様だなって思ってるんだけどね」

ぽん、と深晴の背中を叩いて、湊介はいたずらっぽく笑う。

「でも規一郎さんにあんまり心労かけるのもいやだし、事務所と喧嘩したくないから、今回は我慢しとく。深晴さんにも伝言あるよ」

「僕に？」

「一週間はハネムーンのつもりで湊介のところにいてもいいけど、原稿だけはしっかり上げてくれって。五月号には絶対載せるから、待てても十日だ、だって」

「……一週間」

毎日必死に頑張っても、決して手の早いほうではない深晴にとっては、終わるか終わらないか、というところだ。十日でも厳しい。

急に現実に引き戻されて青くなった深晴を、湊介は抱き寄せた。

「一応朝ごはんは作っといたから食べてね。バイトはほんとに無理しないほうがいいよ。あと、俺が出かければ外で張り込んでる人たちもいなくなるから、好きに外出してもいいけど」

ちゅ、とかるい、甘いキス。

「できたらずっとここにいて、ただいま、って迎えてほしいな」

冗談めかした笑顔は晴れやかで、傷ついたことも挫折したこともなさそうな明るさだった。けれど深晴はきゅっと心臓を掴まれたような気がして、湊介の顔に手を伸ばす。

「待ってるよ」

両手でそっと耳を覆い、下から顔を近づける。背伸びして額をつけて。

「大丈夫。……悪い人より、いい人のほうが多い、んだよね」

「深晴さんとかね。——好き」

嬉しげに唇をもう一度あわせてから、湊介はバッグを手にした。行ってくるねと手を振るのを見送って、深晴はぽかぽかあたたかい胸を押さえた。

嬉しそうな湊介の表情だけで、こんなに気分がいいなんて。夜には彼が帰ってきて、おかえり、と迎えてあげられると思うだけで――こんなに、甘く満ち足りた気持ちになれるなんて。

湊介くんてすごいな、とひとりごちて、深晴は朝ごはんを食べることにした。

湊介が頑張るなら、自分も頑張らなければ。一週間で原稿を上げることくらい、やってやれないことはないはずだ。

『はい、父とは一回だけ。っていっても、約束して会ったわけじゃなくて、事務所で偶然顔をあわせただけなんですけど、久しぶりに声はかわしました。父も六月には舞台に出るそうなので、こっそり観に行こうかなって。親子でもあり、今はライバルでもあるわけなので――いろいろご意見もあると思うんですが、芝居に関しては、いずれお互いにいい関係になれればと思いますね』

さわやかなブルーのシャツを着た湊介が誌面で微笑んでいる。見開き一ページだけの女性誌の中の取材だが、丁寧なインタビュー記事には湊介の人柄が滲み出ていて、深晴はため息をついた。

たった二十日間ほどで、湊介を取り巻く環境はがらりと変わったようだ。父である太楽の起こした騒ぎは、話題になった数日後には宮尾の言うとおりに取り上げられなくなり、かわりにＷＥＢニュースなどには湊介のことが出るようになった。

宮尾曰《いわ》く、もともとの宇治先生の映画作品の広報計画どおりらしいのだが、取材内容は変更されたらしい。雑誌としてインタビューが載るのはこの女性誌が第一号だと聞いたが、これだけでも湊介の好感度は上がるだろうと予測がついた。マイナスの要因も全部、湊介の優しさやまっすぐさ、芝居に対する真剣さと結びつくように読める内容になっているのだ。

「お待たせ。——ああ、さっそく読んでたの？」

会議室のドアが開き、入ってきた宮尾が深晴の手元を見て笑った。

「やっぱり気になる？」

「はい。……でも、素敵なインタビューでした」

「編集部に伝えておくよ。でもおれとしては、恋人のインタビューよりも、こっちに興味を持ってほしいけどね」

向かいに座った宮尾がクリップでとめた数枚の紙を差し出してくる。

「まだ途中だけど、返ってきたばっかりのアンケートの集計と、感想のコピーだよ。今のところ、評判は上々だ」

「え……ほんとですか！」

不安にかられながら受け取った深晴は、どきっとして顔を上げた。宮尾は力強く頷いてくれた。

「見ればわかるよ。ラストの旅立ち方を、潮北くんの希望どおり前向きなほうに舵《かじ》を切ったのがよかったかもな。続きが読みたいって声が多い」

そんなことを言われるのはいつ以来だろう。どきどきしながらめくった紙面には宮尾の言ったとおりの感想が並んでいて、ぎゅっと胸が苦しくなった。

宮尾にできあがった原稿を送ったとき、青空をメインにしたラストのコマが印象的でいい、と言われたときにも自分なりに手応えは感じていたけれど、こうして楽しんでくれた読者の声を目にすると、安堵と達成感がこみ上げてくる。

ちょっぴり涙ぐんだ深晴に、宮尾は真顔で眼鏡を押し上げた。

「じゃ、続きをお願いしていいかな。今の段階でこれだけ反響があるなら、連載にもできそうだから気合いを入れてね」

「――はい！」

嬉しすぎて余計に泣きそうになって、深晴はアンケート用紙をそっと置いた。

「頑張ります。……この感想のコピー、もらって帰ってもいいですか」

「ああ、かまわないよ」

「湊介くんにも見てもらいたくて」

お礼も言わなくちゃ、と思いながら紙の束を撫でると、宮尾がふと身を乗り出した。

「そういえば、メインのキャラクターが三人いるあたり、同居の経験がそのまま反映されたみたいじゃない？」

「あ……言われてみれば、そう、かもしれないです」

だいたい魔法使いのモデルは湊介だ。照れて赤くなると、宮尾は意味ありげに微笑んだ。

「アンケート見ると、魔法使いより、そのミステリアスな仲間のほうが人気ある感じだと思わない？」

「……そ、それは」

「今後の展開では、こっちの仲間のほうを活躍させる回を作るのもいいかもね。なんならもう一回、同居してみようか。湊介のことは十分わかっただろうから、今度は潮北くんとおれだけで」

「……宮尾さん……」

「めちゃくちゃ面白い漫画が描けるかもよ？」

にっ、と笑われて、深晴はどぎまぎしながら顔を逸らした。いじわるだ。

「もう、からかわないでください……」

あのあと——譲るようなかたちで別れてくれたあと、宮尾は驚くくらい、徹底して以前と同じ態度だった。湊介に出会う前の、担当と作家という関係性で、親しげだが決して深入りはしない距離感。一度はおつきあいをした仲で、そのあとは打ち合わせのときとかどうしたらいいのだろう、と身構えていたのだが、宮尾がそんな調子なので、ようやく普通に顔をあわせられるようになったところだった。

なのに今さらそんなことを言うなんて、たちの悪い冗談だと思う。

「からかったわけじゃなくて、困ったらいつでも頼っていいよ、っていうことだよ」

口調を変えて、宮尾はぽすんと頭を撫でた。

「その調子だと大丈夫そうだけど、湊介とは仲よくやれてる？」

あたたかい手の重みを感じても、不思議と緊張しなかった。宮尾の目をちゃんと見て、頷くこともできる。

「しばらくは、湊介くんのマンションで一緒に暮らそうかっていうことに、なってます」

「それがいいかもね。湊介もそろそろ本格的に忙しく――」

ノックの音が響いて、宮尾が途中で声を切る。はい、と応じるのとほぼ同時にドアが開き、深晴は目を丸くした。

「湊介くん!?」

「びっくりした？　実は今日も取材があったんだよー。深晴さんの予定聞いて、もしかしたら会えるかもと思ってたから、驚かそうと思って」

カジュアルなスーツを着た、撮影用っぽい格好のままで湊介が抱きついてくる。会いたかった、と耳元で囁かれて、深晴は困って真っ赤になった。宮尾が呆れたような目つきで見ている。

「湊介くん……あの、ここ一応外……」

「外じゃなくて会議室の中でしょ。ねえ、打ち合わせ終わったら撮影見にこない？　かっこいい感じに撮ってくれるみたいだから、深晴さんに見てほしいなあ」

「駄目だよ……部外者が行ったら、仕事の邪魔になっちゃうよ」

「深晴さんは部外者じゃなくて俺の恋人でしょ」

すりすり顔をすり寄せてくる湊介はまるで甘えっ子だ。普段はこんなことしないのに、と戸惑いながらも手を回すと、宮尾が呆れたように眉をひそめた。

「まったく大人げないな。おれの前で見せびらかしたりして、余裕も自信もないって宣言してるようなものだぞ」

「っ、違うってば！」

かっとしたように湊介が宮尾を振り返る。宮尾は余裕たっぷりに笑みを浮かべた。

「潮北くん、余裕のない年下に飽きたら遠慮なく言ってくれ。もし湊介が潮北くんの創作にプラスにならなかったら躊躇《ちゅうちょ》なく別れさせるから」

「邪魔なんてするわけないだろ！」

「どうかな、こんなところで抱きつくなんて考えなしな証拠だし、自分の仕事の現場に連れていって他人に見せびらかそうとするのも配慮が足りない。おまえがよくても、潮北くんがどう思うかは別問題だろう」

ぴしゃりと言う宮尾は容赦がない。

（もともと厳しいところもある人だけれど、なんだか今日はいつにもまして、湊介くんに厳しいなあ）

そのせいか、ぎゅっと抱きしめた湊介の腕には力が入っている。言葉につまった彼の腕に触れて、深晴は宮尾を見つめた。

「僕、もし誰かに知られてもかまいませんよ。湊介くんのキャリアの足を引っぱるのはいやですけど、僕はまあ……知られて困る人とかも、いないですし、知らない人にいやなこと言われても、ひとりじゃないから、きっと大丈夫です」

「深晴さん――」

湊介が感動したように声を震わせ、宮尾はため息をついた。

「どうも、湊介の周りの人間は湊介に甘い気がするな。――潮北くんは、少し変わったね」

最後の一言のときだけやわらかい目で深晴を見た宮尾は、立ち上がるとドアのほうに向かった。

「湊介の休憩のあいだは会議室を使ってもいいよ。潮北くんも、許可がもらえたら撮影見学して帰るといい。プロットは二話分、来週また進捗を聞くけど、とりあえず今日は」

「……今日は？」

「夜は二人でうちにおいで。久しぶりに三人でごはんにしよう」

背を向けて振り返っての誘い文句にはウインクがついていて、ああちょっとだけ湊介くんに似てるな、と深晴は気づいた。目元の感じが。

返事を待たずに彼は出ていき、湊介と二人、顔を見あわせる。

「なんだかんだ言って、規一郎さんも俺に優しいよね」

「そうだね。……すごく、優しい人だよね」

「俺ほんとに頑張らなきゃ、深晴さんを取り返されないように。——撮影、見ていってくれる？」

その心配はいらないいんじゃないかなと思いつつ、深晴は湊介を見上げて頷いた。

「うん。——一緒に行くよ」

これから先、もしかしたら大切な人は増えていくかもしれないけれど、隣にいるだけで自分のことも好きになれるのは、きっと湊介しかいない。寂しさも不安も消して、かわりに明るい光を見せてくれる、深晴だけの魔法使いだから——深晴の恋は全部、湊介のものだ。

あとがき

こんにちは、または初めまして。リンクスさんで十冊目、通算二十四冊目になりました葵居《あおい》です。

今回は、このパターンは私は初めてじゃないかな⁉　というお話になりました。ふたりから同時に求愛されて、片方は憧れの人で、恋人として結ばれるのは……。

寂しかったり、報われなかったりする受に幸せになってもらうのが大好きなのですが、二人から愛されるシチュエーションは3P以外書いたことがなかったので、新鮮な気持ちで書くことができました。担当さんから「攻が二人っていうのはどうですか？」とオーダーをいただいたとき、うっかり「3Pですね！」と返して、「いえそうじゃなくて……」と言われてしまったのもいい思い出です。

恋愛成就って巡りあわせだなあと思うので、素敵な運命が二つもいっぺんにやってくるなんて、すごく贅沢ですよね。

深晴《みはる》のような、ちょっぴり生きるのが下手な子が好きなので、この恋をきっかけに、これからもたくさん愛情をもらって、楽しく生きていってもらいたいなと思います。漫画家としても読者さんに恵まれますように……（笑）！

あとがき

皆様にも、深晴をはじめ、湊介《そうすけ》か宮尾《みやお》のどちらかだけでも、好きになっていただけたら嬉しいです。どちらかがお好みの攻さんになっているといいのですが。もちろん三人まとめて応援していただけたらとっても嬉しいです！

可愛く、優しく、あたたかいお話になるといいなと願いながら書いた本作ですが、イラストは兼守美行《かねもりみゆき》先生とご縁をいただくことができました！　可愛さと大人っぽさが同居した兼守先生のイラストは、色使いも大好きで、よく拝見していたので、こうしてご一緒できて幸せです。口絵はお気に入りのシーンなので嬉しさもひとしおです。兼守先生、素晴らしい絵をつけてくださってありがとうございました。

また、今回も細部まで丁寧なご指導をくださいました担当様、校正者様、本書製作に関わってくださった方々、ここまでお付き合いくださった読者の皆様にも、この場を借りて心からお礼申し上げます。

恒例になりつつあるブログでのおまけSS、今回も公開いたしますので、よろしければあわせてお楽しみください。

http://aoiyuyu.jugem.jp

どこか一か所でも気に入っていただけていることを祈りつつ、また次の本でもお目にかかれれば幸いです。

二〇十八年六月　葵居ゆゆ

LYNX ROMANCE

小説原稿募集

リンクスロマンスではオリジナル作品の原稿を随時募集いたします。

募集作品

リンクスロマンスの読者を対象にした商業誌未発表のオリジナル作品。
（商業誌未発表のオリジナル作品であれば、同人誌・サイト発表作も受付可）

募集要項

＜応募資格＞

年齢・性別・プロ・アマ問いません。

＜原稿枚数＞

４５文字 ×１７行（１枚）の縦書き原稿、２００枚以上２４０枚以内。
※印刷形式は自由。ただしＡ４用紙を使用のこと。
※手書き、感熱紙不可。
※原稿には必ずノンブル（通し番号）を入れてください。

＜応募上の注意＞

◆原稿の１枚目には、作品のタイトル、ペンネーム、住所、氏名、年齢、電話番号、メールアドレス、投稿（掲載）歴を添付してください。
◆２枚目には、作品のあらすじ（４００字～８００字程度）を添付してください。
◆未完の作品（続きものなど）、他誌との二重投稿作品は受付不可です。
◆原稿は返却いたしませんので、必要な方はコピー等の控えをお取りください。
◆１作品につき、ひとつの封筒でご応募ください。

＜採用のお知らせ＞

◆採用の場合のみ、原稿到着後６カ月以内に編集部よりご連絡いたします。
◆優れた作品は、リンクスロマンスより発行させていただきます。
原稿料は、当社既定の印税でのお支払いになります。
◆選考に関するお電話やメールでのお問い合わせはご遠慮ください。

宛先

〒151-0051
東京都渋谷区千駄ヶ谷４−９−７
株式会社　幻冬舎コミックス
「リンクスロマンス　小説原稿募集」係